小說新賞

女將出頭天

薛丁山征西

原著　清·佚名
編寫　冷翔雲

三民書局

主編的話

在經典故事中成長

　　我常常思索著，我是怎麼成了一個說故事的人？

　　有一段我已經忘卻的記憶，那是一個沒有什麼像樣娛樂的年代，大人們忙著養家活口或整理家務，大部分的孩子都是自己尋找樂趣，妹妹告訴我，她們是在我說的故事中度過童年的。我常一手牽著小妹，一手牽著大妹，走到家附近那廢棄的老宅前，老宅大而陰森，厚重而斑駁的木門前有一座石階，連接木門和石階的磚牆都已傾頹，只有那座石階安好，作為一個講臺恰到好處。妹妹席地而坐，我站上石階，像天方夜譚般開始一千零一夜的故事。

　　記憶中的小時候，我是個木訥寡言的人，所以當小妹說起這段過去時，我露出不可思議的神情，懷疑她說的是另一個人的事。雖然如此，我卻記得我是如何開始寫故事的。那是專三的暑假，對所有要上大學的人來說，這個暑假是很特別的假期，彷彿過了這個暑假就從青少年走入成年。放暑假的第一天，我從北部帶著紅樓夢返家，想說漫長的暑假適合讀平日零碎時間不能完整閱讀的大部頭。當我花了兩個星期沒日沒夜看完紅樓夢，還沒從寶黛沒有快樂結局的悲悽愛情氛圍中脫身，突然萌生說故事的衝動，便在酷暑時節，窩在通鋪式的臥房，以摺疊成山的棉被權充書桌，幾個下午就完成我的第一篇短篇小說、我說的第一個故事。寫完時全身汗水淋漓，用鉛筆寫的草稿也被手汗沾得處處字跡模糊，不過我不擔心，所有的文字都在我腦海中，無需辨認。之後我又花了幾天把草稿謄在稿紙上，投寄到台灣日報副刊，當那個訴說青春少女和遲暮老人忘年情誼的小說變成鉛字出現在報紙副刊，我知道我喜歡說故事、可以說故事，於是寫了一篇又一篇的小說，直到今天。

　　原來是經典小說帶領我走入說故事的行列，這段記憶我始終記

得，也很希望在童年時代還耐不下性子閱讀原典的孩子們，能和我一樣在經典故事中成長。

雖然市場上重新編寫經典小說的作品很多，但對我這個有兩個少年階段孩子的母親來說，卻總覺得找不到適合的版本，不是太簡單，就是太難，要不然就是刪節得不好，文字不夠精確等等，我們看到了這當中的成長空間，於是計畫進行一套經典小說的改寫版本。

首先我們先確定了方向，保留較多文學性，讓這套書適合大孩子閱讀；但也因為如此，讓我們在邀請撰稿者方面碰到不少困難。幸好有宇文正、石德華、許榮哲等作家朋友們願意加入，加上三民書局之前「世紀人物100」的傳記書系列，也出現了不少有文采、有功力的寫作者，讓這套書可以順利進行。對於文字創作者來說，創意是珍貴的資產，但改寫工作就像化妝師，被要求照著一張照片化妝，不能一模一樣，又不能不一樣，一些作者告訴我，他們在撰寫這系列的書時，常常因為想寫的和原著不太一樣而卡住，三民書局的編輯也常常要幫著作者把寫作節奏拉回來，好幾本書稿都是初稿完成後，又大幅刪修，甚至全部重寫。辛苦的代價便是呈現在讀者面前的這套書——文字流暢、故事生動，既有原典的精華，又有作者的創意調拌，加上全彩印刷、配圖精美。這是我為我的孩子選擇的一套書，作為他們告別青春期的最佳禮物，希望能和天下的學子、家長們分享，也期待這套「大部頭的套書」，經過作家們巧妙的改寫、賦予新生命後，保留了經典的精神，又比文言白話交雜的原典更加容易親近，讓喜歡聽故事、讀故事的孩子，長大後也能說故事、寫故事，於是中國經典文學的精華就能這麼一代一代傳誦下去。

林黛嫚

作者的話

　　中國的古典小說是一個巨大的寶庫，蘊藏著屬於中華民族的文化意涵。它們不只是紙本上的文學，更化身為各種戲曲、故事、巷議街談，不經意的埋在我們的潛意識裡，成為腦海中片片斷斷的記憶。這些小說總是提醒我們忠孝節義的重要，教導我們如何處世做人，並且提供天馬行空的情節，豐富我們的想像力，引導我們跳脫框架，從不同的面向去思考。

　　筆者從小就喜歡讀中國古典小說，尤其是演義類和志怪類的小說，閱讀時總是隨著小說主角的經歷，展開跨越時空歷史的想像，並在「且聽下回分解」之後，欲罷不能。長大之後，因為開始接觸到寫實主義、意識流等現代小說，眼界大開，對中國古典小說反而日漸疏遠。直到接下編寫本書的任務後，才陸續重讀一些作品，並驚訝的發現，原來自己被古典小說影響這麼深。多年之後重溫舊故，實在別有一番新感受。

　　中國古典小說很多都取材自歷史，其人物和情節因為經過小說家虛構杜撰、加油添醋，常常和歷史有出入，但讀起來的感覺卻比真實還要真實，也更能獲得讀者的關注和認同。例如正史上的曹操，是一個開創新局的革命家、大文豪，但透過羅貫中三國演義的刻劃，曹操卻成了氣度狹小、善疑多詐的人，以一代梟雄的形象深植人心。可見古典小說藉由人物和情節的塑造，已經脫離了正史自立門戶，有了完整的生命。

　　薛丁山和樊梨花的故事也是如此，薛丁山征西成功塑造出樊梨花這個經典女性角色，她帶兵軍令嚴明、處事足智多謀、私下敢愛敢恨。這個不存在於正史中的角色，因為小說加持而家喻戶曉，知名度甚至遠遠凌駕她的丈夫薛丁山之上。其他女性角色獨立自主的

前衛觀點，也讓讀者驚嘆連連，並了解到中國古典小說的觀念其實十分開放，一點都不古板說教。

除此之外，在寫作技巧上，本書原著也呈現出有趣的面向。在征西過程之中，兩軍對陣是整部作品推進的主調，過關斬將的情節反覆出現，成了原作者和讀者之間的默契。唐朝大軍經過什麼關、遇到什麼守將、使用什麼法寶、列了什麼陣法、請哪些仙人和道友協助等細節，就成為引發讀者好奇的重要元素。原作者利用讀者的期待心理，為相似的情節加入不同的想像和變化，並若有似無的以不同情節，串連起故事的發展，使讀者感到新奇並且堆疊出結尾的高潮。

在編寫薛丁山征西的過程中，對於浩浩蕩蕩的征西情節，哪些應該刪節、哪些應該保留，以及如何串連起這一層一層的關卡，實在讓筆者費盡思量。最後考量內容、篇幅必須適合小朋友閱讀，不得不大刀闊斧的砍掉許多精采的片段，把焦點集中在薛丁山鎖陽城救父、樊梨花三難薛丁山以及最後道教和截教仙佛大戰這三段主要場景上，讓作品隨著情節的推進而呈現出不同的閱讀感受。

此外，由於筆者較少從事兒童文學的創作，使得初稿不論在敘事方式或用字遣詞，難免過於艱澀，不適合小朋友們閱讀。經過三民的編輯部門不斷耐心的溝通和校正，提出不少指點和建議，方能使最後呈現的文本，貼近小朋友們閱讀的習慣，在此向三民辛苦的編輯們說聲感謝。最後，感謝三民讓我有機會重拾對中國古典小說的喜愛。同時，也希望大家能在各式文學作品推陳出新的現在，重新回到中國古典小說的世界中，去體會那股從傳統歷史文化孕育而出的奇妙力量，挖掘出更多美好但已被漸漸遺忘的寶藏。

薛丁山征西

目次

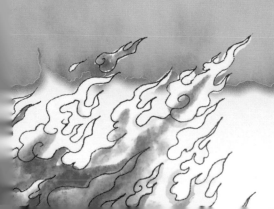

導讀

二元對立之外的想像力

一、源　起

　　本書原著為異說後唐傳三集薛丁山征西樊梨花全傳，簡稱說唐三傳，是說唐演義全傳的一部分。說唐演義全傳分說唐前傳、說唐後傳和說唐三傳三書，是以唐初為背景的歷史章回小說。其中說唐三傳一共有十卷八十八回，故事自薛仁貴征東班師回朝，直到薛丁山之子薛剛起兵反武則天。考量篇幅與故事結構的完整性，筆者刪節了前半段薛仁貴被陷害的宮廷鬥爭，以及後半段薛剛反武的故事，將情節集中在薛丁山和樊梨花征西的過程，也就是原著中的第十八回到第六十九回，有興趣的小讀者可以找尋前後故事加以參照。

　　說唐三傳現存最早刻本為清代乾隆癸酉（西元 1753 年）刊本，卷首有如蓮居士序，但如蓮居士並非作者，而只是參與其中的編寫和出版。事實上，說唐演義全傳三本書的風格大不相同，甚至同一本書裡便出現明顯差異，例如說唐三傳中寫到薛丁山征西的部分，敘事手法比起其他篇章就顯得較通俗化並富有傳奇性，偏離歷史甚遠，洋溢著志怪小說的氣息，讀來頗有封神演義的味道，可見這些內容並非出自一人之手，而是編者集合民間口頭傳說的綜合創作。

　　薛丁山征西嚴格說來並不能稱之為「薛丁山」征西，因為最初的征西大元帥是薛丁山的父親薛

仁貴，薛丁山只是二路元帥，等到薛仁貴死後，官拜大元帥繼續征西的是薛丁山的妻子樊梨花，也不是薛丁山。再就征西的功勞來論，樊梨花神通廣大，運籌帷幄也遠勝於薛丁山，所以說薛丁山征西似乎有些勉強，但由於薛丁山在整個征西的過程中，是承

先啟後、貫穿全場的角色，所以習慣上還是稱之為薛丁山征西，原著刻本上書名也是寫著薛丁山征西樊梨花全傳。

　　以故事結構來看，薛丁山征西可以分為三個部分，第一部分是薛丁山鎖陽城救父，第二部分是薛丁山和樊梨花之間的愛恨情仇，第三部分是樊梨花一路攻打西涼，最後演變成兩教戰爭的經過。其中最著名的片段，就是第二部分，薛丁山藉故三次休棄樊梨花，以及樊梨花為了報復而三難薛丁山的情節。這段故事人物性格鮮明、衝突性強，而且情節也十分曲折，引人入勝，成為民間戲曲中最膾炙人口的橋段之一。歌仔戲、電影、電視都屢屢以此為題材拍成影劇作品，使得樊梨花這個名字家喻戶曉。

　　就文采而言，本書原著在古典小說領域中或許沒有其他作品精采，但其貼近生活、顛覆傳統觀念、充滿創造力等特色卻讓薛丁山和樊梨花的故事流傳甚廣，並在民間俗文化的場域占有一席之地。

二、虛構的歷史

　　薛丁山征西是個虛構的故事，其背景設在唐太宗和唐高宗時代。正史上這個時期是大唐的盛世，正在東征西討擴張領土，其中大唐和西突厥之間的戰爭，便是原著裡大唐、西涼國對戰的原型。

　　根據史書記載，小說中的西涼國應該就是西突厥，帶兵平定西突厥的功臣，不是薛丁山也不是樊梨花，而是名叫蘇定方的大將。

蘇定方曾參與對高句麗、突厥、吐蕃的戰爭，為大唐立下汗馬功勞，但是在原著裡蘇定方卻成了大反派蘇寶同的曾祖父。而薛仁貴兒子真實的姓名叫薛訥，官拜大將軍，蘇定方平定西突厥時他還只是個毛頭小伙子，至於樊梨花等人更是原作者憑空想像出來的角色。

　　由以上幾點可以知道小說和歷史之間有非常大的落差，小讀者們不宜把小說內容當成正史來看待。然而小說為什麼要改寫歷史呢？因為小說目的不是呈現真實的歷史，而是透過動人的故事傳達小說家的思考價值。就是因為薛丁山征西的故事是虛構的，使得全書充滿了想像力和感染力，引領讀者進一步探討作品呈現出來的主題。

三、超越二元對立

　　一般小說的鋪陳，常以二元對立作為說故事的主要方式。什麼是二元對立呢？就是善與惡、男與女、是與非、黑與白這樣的相對關係。然而，現實的社會之中，真的有這樣的絕對二分嗎？似乎並不盡然。薛丁山征西的原作者意識到這一點，於是在小說中的很多面向上，都呈現他對二元對立觀點的想法和省思。

　　首先，大唐和西涼是分屬兩個不同陣營，大唐代表著正義的一方，相對的，西涼則是反方。薛丁山是大唐的主帥，以正義之名要討伐引發戰爭的西涼，而樊梨花的身分是西涼守將樊洪的女兒，理應是一個反面的角色，原作者卻安排她意外殺了自己的父兄，選擇背叛西涼，與自己的立場相違背。如此安排，埋下了薛丁山和樊梨花之間分分合合的種子，但最後原本應該對立

的兩個人，不但結為夫妻，樊梨花還成為大唐的元帥，帶領唐軍攻打西涼。透露出原作者對於超越二元對立關係的期待。

隨著兩軍的對戰，原作者也引入了道教和截教之間的矛盾關係。道教的修練者以人為主，而截教的修練者則多是動物。兩教原本在仙界各自修行，後因蘇寶同的挑撥而引發衝突。從本書第十八回和第十九回中，便可以看出兩方的衝突只是一時的意氣之爭，卻引發了一場大戰。對立的形成往往不需要太多理由，但是對立之後要如何善了，卻需要極大的智慧。原著最後的安排不是誰把誰消滅，而是藉西遊記裡的角色和彌勒佛擔任更高的仲裁者，為這場對立打了圓場，不禁讓人重新思考對立真的有必要嗎？

再者，就兩性在歷史上所扮演的角色來說，戰場通常是男性的天下，女性往往只是配角，用以烘托父權社會的主流價值。歷史上有關女性征戰沙場的故事，最有名的是楊門女將，但楊門女將們都是寡婦，她們是為死去的丈夫和兒子而戰，為楊家將的聲譽而戰，說到底還是被男性社會的價值觀所籠罩。然而薛丁山征西卻展現了完全不同的兩性面貌，故事中唐軍女將樊梨花、竇仙童、陳金定、薛金蓮、刁月娥等，對外獨當一面，身懷絕技，有的能力甚至比她們的另一半還要出色許多，對內她們勇於表達心中的想法，追求自己所愛，和傳統小說女性角色的形象大相逕庭，是十分少見的現象。這可能是原作者欲表達對傳統父權社會的不滿，另一方面也暗示了男女平等的可能。

西涼和大唐，截教和道教，男性和女性，看似二元相互對立的元素，在原作者的妙筆下，發展出對立以外的可能性。

如果就大唐的立場來分析，西涼是異族、截教是異教、樊梨花是一個叛國通敵的女子。然而隨著小說的情節發展，這些對立漸漸被模糊了，西涼和大唐並沒有所謂正統的爭議；截教和道教也不完全是正邪之爭；女性的地位更是被全盤顛覆，完全凌駕在男人之上。

　　小說之所以受到喜愛，就是建立在它遊走於傳統價值觀和意識型態之外，創造出一個自由自在的想像空間，讓讀者擺脫傳統禮教的壓力和束縛。薛丁山和樊梨花的故事之所以能在民間廣為流傳並深受喜愛，大概也正是這個因素。

　　現在，就讓我們打開想像的可能，張開自由的翅膀，一起進入本書有趣又顛覆的情節中吧！

寫書的人
冷翔雲

　　政治大學歷史學系畢業。雖然在臺北市出生長大，但一點也不像臺北的小孩。從小就喜歡閱讀小說、散文，還有各類看似有趣的書籍。中學時期參與刊物編輯，並開始嘗試寫詩和小說。不喜歡規規矩矩的生活，對於非主流的思考邏輯，總保持高度興趣。文學之外，冒險是他生活的另一面，喜好登山、攀岩、古道探勘。以「人生沒有不可能的事」為座右銘。

薛丁山征西

第一回 薛丁山誓師西征

　　大唐貞觀年間，百姓安居樂業、天下太平，然而西邊玉門關外廣大沙漠裡的西涼國卻派遣使者送上戰帖，想要進犯中原。唐太宗決定御駕親征，欽點平遼王薛仁貴為征西大元帥，國內則由太子代為治理。大軍浩浩蕩蕩出征，轉眼已過了一年。

　　這天，天才剛亮，長安西城門外的遠方傳來一聲馬鳴，隱約還看得見黃土飛揚，一匹快馬奔向城門。等到馬兒離城門越來越近，守城的軍官才看清楚騎在馬上的是一位年近八十的老將軍。

　　「我是魯國公程咬金，快打開城門。」老將軍滿臉通紅，手持令旗對城頭大喊。

　　守城的軍官覺得很奇怪：「程將軍明明隨同皇上征討西涼國，現在怎麼會出現在長安？」他再仔細一看，飛奔而來的人確實是程咬金，馬上命令士兵打開城門。

　　程咬金進了城，直接揮鞭駕馬急奔皇宮。

　　此時大臣們正在朝房裡等待早朝，丞相魏徵看到

程咬金匆匆忙忙的衝進來，趕緊上前詢問：「程將軍你怎麼回來了，難道發生了什麼事嗎？」

程咬金一股腦兒的跌坐在地，喘著氣說：「不好啦！皇上被困在鎖陽城，老臣是回來請救兵的啊！」大臣們聽到這消息面面相覷，一副不敢置信的樣子。

魏徵扶起程咬金，接著問：「程將軍先別急，好好說清楚皇上現在到底怎麼了？」

程咬金喘了口氣正要說明，見太子來到大殿，立刻上奏：「啟稟太子殿下，皇上親征西涼國，我朝大軍原本勢如破竹，連過三關，一路殺到鎖陽城，沒想到奸賊蘇寶同卻用空城計把我朝大軍引進城，又派兩個會妖法的僧道圍攻，駙馬和尉遲兄弟雙雙戰死，薛元帥也身受重傷。皇上現在被圍困在鎖陽城裡，臣帶著皇上聖旨騙過蘇寶同，穿過鎖陽城外的重重包圍，馬不停蹄回長安來請救兵。皇上聖旨在此，請太子殿下過目。」

太子看完聖旨，環顧殿上的大臣們，問：「父皇要我昭告天下尋找將才前去救駕。難道朝中沒有大將能擔負這個任務嗎？」

魏徵上奏：「朝中有能力帶兵前去救

駕的，首推曾帶兵橫掃北邊突厥的羅通將軍。」

「羅將軍雖然神勇，但是西涼國那兩個會妖法的僧道也不能小看。」程咬金對兩個僧道的法術還心有餘悸，「徐茂公軍師一向神機妙算，他建議皇上招將一定有他的用意，請殿下遵照皇上的旨意吧！」

太子覺得程咬金說的有道理，派人將公告貼在皇城正門上，徵求有志之士領兵前往鎖陽城救駕。

公告貼上不久，皇城正門前的朱雀大街上已擠滿了圍觀的民眾。一位白衣少年騎馬經過，看完公告後，便將公告撕了下來。一旁看守的士兵大驚，馬上將少年帶到程咬金的住處。

程咬金來到大廳，見少年雖然身穿布衣，但是相貌堂堂，氣宇不凡，便問他：「這位少年英雄有什麼本事？為什麼撕下公告？」

少年對程咬金抱拳行禮，說：「晚輩是從山西平遼王府來的薛丁山，平遼王薛仁貴正是我父親。我一聽說皇上和我父親現在被困在鎖陽城裡，便立刻趕來長安想面見太子殿下。我原本正愁不曉得怎麼入宮，沒想到一到皇城就看見公告，為了能有機會帶兵到鎖陽城救皇上和我父親，我才將公告撕了下來。」

程咬金聽了十分驚訝的問：「七年前薛元帥返鄉時

一箭誤傷公子，從此公子便下落不明。你怎麼可能是
薛丁山？」

　　見程咬金不相信自己，薛丁山趕緊說明自己的經
歷……

　　七年前薛仁貴在討伐高麗時，殺了高麗的大將蓋
蘇文。蓋蘇文怨氣未消，想找機會報仇，從此他的魂
魄就一直跟著薛仁貴。

　　薛仁貴回家的途中，看到薛丁山正在射雁。蓋蘇
文心生一計，化身為一隻獨角怪獸撲向薛丁山，薛仁
貴一急，立刻抽箭射向怪獸，沒想到怪獸不見了，只
看見薛丁山應聲倒地。此時刮起一陣怪風，漫天飛沙
走石之後，薛丁山就不見蹤影了。

　　薛仁貴回家後才知道，失手
射死的是自己唯一的兒子，
於是帶著家丁四處尋找，卻
再也找不到薛丁山的下落。
但薛丁山其實沒有死，他
被雲夢山的王敖老祖救走
了。七年後，王敖老祖要他
下山，帶兵搭救皇上和父親，於

薛丁山征西

是他才回到家中，和妹妹及母親一起來到長安城。

　　程咬金聽了薛丁山的遭遇十分好奇，便問：「你師父果然神機妙算，竟然知道皇上有難，他還說了些什麼呢？」

　　「師父說西涼蘇寶同的祖父曾是大唐將領，因為羅通殺了他祖父，所以他們全家才會逃到西涼國。蘇寶同為了替祖父報仇，慫恿西涼國國王向大唐宣戰。只要除掉蘇寶同，大唐和西涼國就會恢復和平了。」

　　「但你一直待在雲夢山上，從來沒帶兵打過仗，要怎麼對付蘇寶同呢？」程咬金不確定薛丁山是否有能力帶兵。

　　「我在雲夢山的七年間，每天學習武藝、兵法和道術。下山之前，師父給了我十件寶物，還有治療父親的丹藥。而且我妹妹薛金蓮也曾和桃花聖母學過法術，相信一定能對付蘇寶同。」

　　程咬金聽完，十分高興，趕緊向太子稟告這個好消息。太子召見薛丁山，一見他果然是個英姿煥發的少年英雄，總算放下心中的擔憂，當下封薛丁山為二路元帥，前去討伐西涼國。薛丁山領旨之後，馬上開始整備軍隊，並將暫時借宿在旅店的母親和妹妹接到

軍中。

　　出征之前，<u>薛丁山</u>召集所有將士，只見他頭戴太
歲盔、身穿天王甲、腳著水雲鞋、手持方天畫戟、腰
掛玄武鞭、身繫寶雕弓，牽著座騎龍駒寶馬，拉起太
子親賜的兵旗「大唐征西二路元帥薛」，威風凜凜的主
持祭祀儀式，祈求大軍早日獲得勝利。

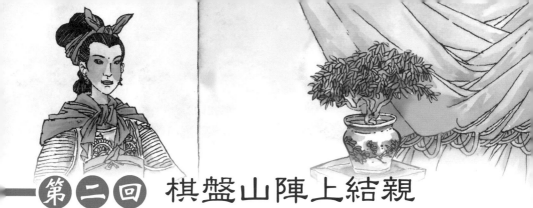

一第二回 棋盤山陣上結親

　　這天，薛仁貴率領大軍來到大唐與西涼國交界的棋盤山，他見士兵們經長途跋涉十分疲倦，命令大軍在山腳下安營休息，卻不知大軍早已被山賊盯上。

　　帶頭的山賊是個二十歲左右身高不到五尺的矮個子，兩條粗眉毛掛在一張國字臉上，頭綁黃頭巾，手裡還拿著一支黃金棍。他看到唐軍之中有個女將年輕貌美，起了歹念，於是帶人擋住唐軍去路。

　　「我是王禪老祖的徒弟，叫做竇一虎，打從我棋盤山前過，沒有留下買路錢，就留下那個女子做我的押寨夫人吧！」竇一虎口中的女子正是薛丁山的妹妹薛金蓮。

　　唐軍先鋒羅通見山賊不但擋住大軍去路，還提出這個無禮的要求，衝出陣大罵：「你這狗強盜，竟然敢在此地撒野，看槍。」

　　羅通勢如破竹，舉槍攻向竇一虎心窩，竇一虎則用黃金棍把長槍支開，繞著羅通戰馬跳躍著攻擊。兩

人一槍一棍來回穿梭，打得難分難解。幾次交手下來，羅通臉不紅氣不喘，竇一虎卻開始全身冒汗。又過了一會兒，竇一虎不想再戰，身子一扭竟然不見了，其他山賊也一哄而散，逃向山頂。

羅通雖然身經百戰，看到竇一虎扭身消失，倒嚇了一跳。他心想：「留著這些山賊對朝廷是個禍害，不如一舉打上山寨搗破賊窩，一來可以除去地方大患，二來一開始就打勝仗是西征的好預兆，可以激勵士氣。」於是帶了一隊人馬追了上去。

山寨內，竇一虎的妹妹竇仙童聽到唐軍打上山，馬上穿上鎧甲，下山接戰。

羅通見山上下來一個年輕的姑娘，手持金刀，兩頰紅杏撲粉，如同仙女下凡一般，不禁笑著說：「妳一個女孩子，有什麼本事？不如來做我們元帥的夫人吧！」

竇仙童聽了十分生氣，提刀砍了過去。正當兩人僵持不下，竇仙童突然一刀逼近羅通，讓他失去重心，接著調轉馬頭就走。羅通拍馬追了上去，沒想到竇仙童卻從懷裡拿出一條紅繩拋向天空。羅通抬頭看到一

薛丁山征西

道亮光，還來不及反應，人已摔下馬，被抓回山寨去了。

其他士兵看到羅通被抓，急忙撤退回報。薛丁山聽了大怒，隨即手提方天畫戟跨上龍駒寶馬，衝上山叫陣。

竇仙童一看叫陣的人，年紀約二十歲，眉宇之間英姿煥發，不由得對他心生好感，便問他的姓名。

「我是大唐征西二路元帥薛丁山，受命去鎖陽城攻打西涼國，妳又是誰？聽說妳捉走了羅將軍，快放他出來，歸順朝廷，本帥便不跟妳計較。」

竇仙童說：「我是蓮花洞黃花聖母的徒弟竇仙童，今年十六，父母雙亡，現在和哥哥竇一虎住在這山裡。我看你是個英雄少年，如果你願意與我成親，我就和哥哥幫你攻打西涼國。」

薛丁山聽竇仙童這麼說，皺眉大罵：「妳這小姑娘也太不要臉了，怎麼提出這種要求，我堂堂平遼王府的世子，怎麼能和妳這女山賊在一起？快放了羅將軍，不要無理取鬧！」

「若我不願放又如何？」

薛丁山舉起方天畫戟刺向竇仙童，竇仙童雖然立刻以雙刀迎擊，但薛丁山緊接而來的連續招數，勢不

11

可當，招招逼得竇仙童狼狽避開。不久，竇仙童已戰得滿臉通紅、雙手發麻，薛丁山的攻勢卻絲毫沒有減弱的跡象。她發覺自己不是薛丁山的對手，連忙趁著轉身的空檔，拿出細仙繩，用相同手法把薛丁山綁回山寨。

山寨中，薛丁山逐漸清醒，看到自己竟然被竇仙童抓進山寨，覺得又羞又愧，大罵：「妳這妖女，竟然施法術來抓我。」

竇仙童笑著說：「別生氣，我是看你一表人才，所以沒有殺你，你就答應我的要求，我會勸我哥哥歸順大唐，和你一起攻打西涼國的。」

「妳的要求太無禮，要殺就殺，我是不可能答應的！」薛丁山個性剛直，直接拒絕竇仙童的要求。

竇仙童看薛丁山如此倔強，心裡很不是滋味，心一橫，便命令手下把薛丁山拖出去斬了。

「刀下留人——」刀正要落下，遠方突然傳出有人大喊的聲音，說話的人正是程咬金。

原來薛丁山被竇仙童抓走後，士兵們立刻回營報告，也把竇仙童公開向薛丁山提親的事說了。

程咬金從士兵口中得知竇仙童不僅美若天仙、氣質出眾，還有一條厲害的細仙繩，便趕緊找薛夫人商

量，建議順了竇仙童的意，如此一來，不但解決了當前的問題，征西的路上還多了幫手。

　　薛夫人看情勢如此，內心焦急不已，一時也想不出更好的解決方法，只好答應讓程咬金去提親。

　　程咬金見了竇仙童立刻拱了手說：「我是魯國公程咬金，請小姐刀下留人借一步說話。」竇仙童一看程咬金趕到，心中也猜到了幾分，知道他是來說媒的，於是將他迎入大廳。

　　程咬金開門見山的說：「我到這兒來不是為了別的事，而是特別要來向小姐說媒的。薛元帥今天被小姐抓上山來，表示你們很有緣分，而且你們年紀相當、郎才女貌，妳若對我們元帥有意，那正是天賜的好姻緣啊！」

　　雖然不久前才在陣上對薛丁山示好，又直接向薛丁山逼婚，竇仙童聽了程咬金的話還是羞紅了臉，推託著說：「感謝程將軍特別上山來說媒。雖然我的父母已經不在人世，但終身大事還是得請哥哥作主才是。」

　　程咬金聽了暗笑，「這小丫頭明明才剛在陣上逼婚，如今卻推給哥哥作主，倒是懂得人情世故。」他表面順著竇仙童的話說：「既然如此，就請妳哥哥出來作個主吧！」

　　竇一虎這時正在大廳地底下，把他們的對話聽得清清楚楚，心想：「本來是我想成親，沒想到卻被妹妹搶先了一步。但程咬金說得有道理，薛丁山一表人才，又是大唐的元帥，如果能和他順利結成親家，也算是天賜良緣。」於是他從地下鑽了出來，一口答應了婚事。

　　程咬金看竇一虎竟有鑽地的本事，十分驚奇，暗想大唐若有這樣的奇人相助，進攻鎖陽城就不是問題了。

　　薛丁山被請到大廳之上，聽到程咬金的來意，緊張的說：「程將軍，這萬萬不可，我身為元帥，出征西涼國還沒有立功，父親又被困在鎖陽城內。如果在這兒私下成親，豈不是不忠不孝嗎？我是不會答應的。」

　　「你若答應成親，等於多替朝廷招降兩員猛將攻打西涼國，就是為國效忠。而你父親雖然被困在鎖陽城，還有你母親可以作主，她已經答應這門親事，更何況還有老夫為你做媒，你父親不會怪你的。這門婚事

15

在我看來是忠孝兩全，怎麼會是不忠不孝呢？」程咬金看薛丁山脾氣硬，於是好言相勸。

　　薛丁山再三考慮，為顧全大局，雖然內心有些不情願，還是點頭答應了這件婚事。當晚，竇家兄妹把羅通放了出來，並且請薛夫人上山主持成婚儀式。第二天，竇一虎放一把大火把山寨燒了，並將手下的兄弟編入大唐的軍隊，一同前往鎖陽城。

一第三回 羅通盤腸戰西蠻

　　過了玉門關之後，便進入西涼國邊界的界牌關口。界牌關的守將名叫王不超，雖然高齡九十八歲，卻是急性子的猛將。他聽到程咬金回長安請來救兵，氣得破口大罵：「我們元帥放程咬金回中原，他竟然有膽帶來三十萬大軍攻城，我一定要殺了那個老賊！」王不超領兵出關到唐營門口不斷辱罵，直接點名要程咬金出來應戰。

　　程千忠聽到王不超點名自己的爺爺出戰，出言不遜，內心十分氣憤，便向薛丁山請求上陣。薛丁山叮嚀他要小心，程千忠提了大斧跨馬上陣。

　　王不超見唐營來了個年輕小伙子，一問之下知道他是程咬金的孫子，笑著說：「老烏龜不出來，先抓了你這龜孫子也好。」

　　程千忠執起大斧，王不超輕鬆就把他架開，緊接著一個迴旋，一百二十斤的丈八蛇矛便攻向程千忠的胸口，儘管程千忠及時擋住，虎口卻被震得發麻。他

雖然年輕，但卻不是身經百戰的王不超的對手，最後在幾波連續攻勢之後敗下陣。

薛丁山安慰沮喪的程千忠：「勝敗乃兵家常事，你不用放在心上。」這時羅通請求出戰，薛丁山又提醒：「這個老傢伙不好對付，千萬要小心。」

羅通說：「元帥放心，我一定殺了這個老賊才回來。」

王不超一知道他就是鼎鼎大名的掃北英雄，立刻使出渾身解數，舞起丈八蛇矛虛虛實實的在他身旁來回穿梭，羅通的梅花槍也名不虛傳，槍槍直指對方要害，雙方一來一往，實力不相上下。然而長時間使勁下來，羅通的槍法開始散亂，一個不留神，丈八蛇矛已直挺挺的朝他鑽了過去，刺穿護甲，割破他的肚皮，連腸子都帶了出來。

薛丁山一看情勢不妙，正要派人上去搶救，卻看到羅通轉身回到營前，扯下大唐軍旗向腰間一綁，將腸子推回肚子裡，暫時固定傷口，又轉身衝回戰場。

王不超原以為這次羅通必死無疑，所以當他看到羅通雙眼閃著炯炯的怒火，腰間纏著染血的紅旗朝他衝殺而來，一時之間竟然嚇傻了。直到羅通大喝一聲，一槍刺向他的胸口，他才回過神來，大叫了一聲「不

好」，隨即落馬倒地，被羅通割下了首級。

羅通拎著王不超的腦袋，衝回唐營向元帥告捷，才到營前，他就精疲力竭的跌下馬，當場斷了氣。

羅章看父親戰死營前，放聲大哭，忍著悲痛請求元帥出兵搶關。薛丁山失去大將，心中難過不已，但身為元帥的他，還有更重要的目標未達成。他整理好自己的思緒，任命羅章代替父親成為先鋒，趁番兵失去主將一陣混亂的時候，搶下了界牌關。此後大軍更挾著戰勝的氣勢長驅直入，深入敵營，拿下了金霞關和接天關，朝鎖陽城繼續前進。

另一方面，自從程咬金離開鎖陽城，蘇寶同便不斷向城內挑釁宣戰，但鎖陽城易守難攻，唐軍又遲遲不出戰。眼見情勢僵持不下，西涼國大軍開始架起炮臺，日夜轟擊鎖陽城，希望在程咬金討救兵回來前先抓了唐太宗。連日的炮火使得城裡的唐軍和百姓不知如何是好，只能不斷祈求援軍早日到來。

一第四回 丁山鎖陽救皇上

薛丁山率領大軍來到鎖陽城外安營後，便帶著將領觀察敵軍情勢。他見西涼國軍隊圍住鎖陽城的每個城門，四周炮聲隆隆，心裡不斷盤算如何突破重圍。回到帥營，他隨即調派兵力，命令竇一虎和王奎帶兵打西面，程千忠和陸成由南邊進攻，尉遲青山和王雲攻打北邊，等東城門炮聲一響，便一同殺入番營。而他自己則帶著薛金蓮、竇仙童和程咬金直攻東門蘇寶同的大本營。

蘇寶同聽說唐軍連下三關，直逼鎖陽城，趕緊帶兵出營巡邏。他看見遠方來了一支掛著大唐旗幟的軍隊，猜想這些人必定是大唐援軍。他再仔細一看，領頭的是一個身著金甲的年輕人，身旁站的人正是程咬金。

蘇寶同從沒見過薛丁山，於是指著程咬金破口大罵：「你這個老傢伙，就算是搬來天兵天將，我蘇寶同也要把你千刀萬剮。」

程咬金也不甘示弱的說：「蘇賊，別說大話，還不快向我們元帥投降。」

　　蘇寶同看了一眼薛丁山，覺得不過是個長相英挺的小伙子，冷笑著說：「我是西涼國國舅，平唐大元帥蘇寶同，你這乳臭未乾的小子，就是大唐的二路元帥嗎？」

　　「本帥正是大唐二路元帥薛丁山。你祖父本為唐將，而你卻投身西涼國，慫恿兩國發生戰端，還不快投降認罪。」薛丁山義正詞嚴，毫不畏懼。

　　蘇寶同聽了怒氣沖沖的說：「我們蘇家和唐王的恩怨，輪不到你這小子來指責。」才剛說完便揮舞著大刀劈向薛丁山，而薛丁山則執起方天畫戟擋開蘇寶同。接著兩人以迅雷不及掩耳的速度連續出招，但都被對方一一化解。

　　蘇寶同的手下見他們勢均力敵，難分勝敗，也想加入戰局助陣，卻分別被薛金蓮和竇仙童擋住。由於番兵人數眾多，薛金蓮口中念念有詞施起仙法，出現一尊尊金甲神人對著番兵亂砍；竇仙童也祭起細仙繩，見人就捉。兩人攻勢凌厲，打得西涼國番兵無法招架。

　　東門的戰事一開，另外三路的唐軍聽到炮聲，便一起攻向番營。鎖陽城裡，徐茂公得知情勢有變，立

薛丁山征西

刻調兵遣將，命令將領兵分四路朝各城門衝殺出去，而自己則陪同唐太宗登城觀看戰事。一時戰事四起，番兵被殺得措手不及。大唐援軍搶下了各城門，加上裡應外合，氣勢如虹，殺得西涼國守軍四下逃竄。

蘇寶同見情勢越來越不利，急忙揭開背上的葫蘆，放出柳葉飛刀殺向薛丁山，但薛丁山卻不閃躲，任由飛刀筆直地從頭頂落下。就在飛刀接近薛丁山頭頂時，他戴的太歲盔突然閃出一道金光，接著柳葉飛刀便消失得無影無蹤。蘇寶同見狀又氣又急，心想太低估了這小伙子，於是一次放出八把飛刀攻向薛丁山，但飛刀又一一消失在金光之中。

「你的柳葉飛刀傷不了我，」薛丁山笑著說，「看你還有什麼法寶。」

蘇寶同情急之下，決定祭出塗有劇毒的毒龍飛鏢，薛仁貴就是被毒龍飛鏢所傷，才被困在鎖陽城內難以脫身。

毒龍飛鏢來勢洶洶，像一條黑龍朝著薛丁山心口鑽去，這次太歲盔的光芒只能勉強抵擋飛鏢

的勁道，卻化解不了其凌屬的攻勢。蘇寶同見起了作用，在飛鏢還沒射中薛丁山前，再放出兩支飛鏢，想置薛丁山於死地。

毒龍飛鏢又快又猛，薛丁山一時之間想不到對策，直覺搭起手邊的穿雲箭射向飛鏢。穿雲箭一射出，宛如一條白龍咬住黑龍的喉頭一樣，化解了毒龍飛鏢的黑氣，將其打落在地。

蘇寶同看自己的寶物都被薛丁山破解，非常驚慌，駕馬就逃。薛丁山乘勝追擊，抽出玄武鞭打向蘇寶同的背。一道青光閃過，蘇寶同覺得一陣劇痛，口吐鮮血摔下馬來。寶仙童拿出綑仙繩要抓蘇寶同，蘇寶同已見識過綑仙繩如何綁走番兵，急忙化成一道長虹向西方逃走了。

這一戰薛丁山大獲全勝，在四方內外夾擊之下，西涼國幾乎全軍覆沒，紛紛往西逃竄。由於解救唐太宗才是第一要務，薛丁山命令大軍不再向西追擊，直接進入鎖陽城。

鎖陽城內，唐太宗見程咬金帶著薛丁山一同晉見，便問：「程將軍這次回到長安帶回援兵立下大功，快讓朕知道這位二路元帥是哪位少年英雄？」

程咬金說：「臣回到長安向太子殿下報告鎖陽軍情

薛丁山征西

之後，殿下立刻貼出公告招兵，沒想到當天就有一位少年表示願意帶兵出征。一問之下，這人竟然是薛元帥的公子薛丁山。他曾跟王敖老祖學習武術和兵法，武藝高強，且身懷十件寶物，因此太子立即任命他為二路元帥，前來保駕。」

唐太宗高興讚許：「朕剛才在城樓上觀戰，薛丁山用兵如神，把蘇寶同打得毫無招架之力。果然是虎父無犬子，青出於藍而勝於藍。」接著再問：「剛才還有兩名女將，一個帶著金甲神衝入敵陣，一個拋出紅繩，敵人就束手就擒，另外還有一個矮將軍，手持黃金棍忽隱忽現，這些人又是誰？」

程咬金先向唐太宗請罪，把棋盤山招降成親的事一一報告，唐太宗聽完不但沒有怪罪，還很高興對程咬金說：「你做得對，不但為國家得到猛將，又成就了良緣，是功勞一件。」

拜見過皇上之後，程咬金帶著薛丁山來到元帥府與薛仁貴相認。

對薛丁山來說，父親是一個遙遠的印象。小時候聽家人談起父親，消息總是來自遠東的高麗國：「元帥又傳來捷

報，戰功彪炳，用兵如神，深受皇上信賴……」這些日子聽程咬金提起父親，也說他治軍嚴明，善惡分明，是個一絲不苟的人。但他自己卻因父親長年征戰在外，極少與家人相處，所以不清楚父親的為人。

「父親是個什麼樣的人或許不重要，重要的是我身為薛家的子弟，如今以二路元帥的身分來面見父親，他應該會感到十分欣慰吧！」

元帥府中，薛仁貴因為被毒鏢所傷，整日臥病在床，愁眉不展，直到聽到程咬金帶著援軍擊敗蘇寶同的消息，心情才開朗了起來。當他看見程咬金進到房內，更難掩內心的激動，勉強撐起身對程咬金說：「皇上萬福，程將軍也是福將，竟然請來救兵解除鎖陽之危，快說這二路元帥到底是誰？」

程咬金一陣大笑，說：「你一定猜不到，是你的兒子來救你啦！」

「老程你也太愛開玩笑，我哪有這等福氣。」

程咬金把身後的薛丁山拉到跟前，薛丁山兩膝一跪，說：「孩兒薛丁山拜見父親。」薛仁貴看著眼前跪著的年輕人，身穿戰甲，英氣不凡，他半信半疑的托起薛丁山的臉，仔細一看，倒真有幾分自己年輕的樣子。

薛仁貴問：「你真的是丁山嗎？真的是當年射雁的小男孩嗎？」薛丁山點了點頭，又把往事說了一遍，薛仁貴不禁悲喜交集，長嘆一口氣說：「真沒想到你還有這番遭遇，這一切都是天意啊！」

薛丁山拿出王敖老祖給的仙丹，摻入酒水化成泥，敷在薛仁貴的傷口上，過一會兒，原先癒合不了的傷口竟然不再疼痛了。

此時，薛夫人、薛金蓮等也一同來探視，薛仁貴口中雖然責怪夫人和女兒不該跟著軍隊前來鎖陽城，但久別的家人能夠相聚，他的心裡其實十分高興。談話間，薛仁貴瞥見薛夫人身後還有一位陌生女子，便問她是誰。

「快來拜見公公。」薛夫人拉著竇仙童走到薛仁貴面前。

「她為什麼要叫我公公……難道丁山已經成親了？這到底是怎麼回事？」

薛夫人說出棋盤山招親的始末，沒想到薛仁貴聽了之後，氣得全身發抖，指著薛丁山大罵：「你身為大唐元帥，竟然被山賊捉去，見到美麗女子就私下婚配。你眼中到底還有沒有國家，有沒有我這個父親？這樣的人怎麼能夠號令三軍、貫徹軍令？有這種兒子實在

對不起薛家的祖宗，不如不要！犯這種過錯應該以軍法論處。來人啊，把薛丁山拖出去斬了！」

薛丁山看父親如此震怒，想起當時棋盤山被逼婚的場景，也覺得十分不光采，於是不想多做辯駁。

薛夫人看好好的天倫相聚竟然演變至此，不禁大驚失色，趕緊站出來求情：「老爺，你不要這兒子，我要。這個婚事不是丁山私下成親，是我作的主，和孩子無關，要怪就怪我吧！」

程咬金也說：「婚事是我做的媒，他們年歲相合，郎才女貌，而且竇家兄妹也已經歸順大唐，不再當山賊，這次解救鎖陽城更立下汗馬功勞，連皇上都不怪罪。如果你執意要殺丁山，就連我這老骨頭也殺了吧！」

薛仁貴身為元帥，認為軍法正綱比一切都重要，因此聽完兩人的話仍不為所動，覺得薛丁山的行徑一定要斬首才能正軍紀。

「聖旨到。」使者的聲音打破僵局，眾人跪下接

旨。

「皇上下旨，薛丁山、竇仙童救駕有功，婚事由皇上親賜。」原來是有人看情勢不妙，跑去通報唐太宗。

薛仁貴不敢抗命，忿忿的說：「君令不可違，但死罪可免活罪難逃。」他下令把薛丁山禁閉三個月，且在大家好言相勸之下，才勉強承認竇仙童這個媳婦。

經過這一番征戰勞頓，唐太宗決定先回長安，他授命薛仁貴繼續西征後，便由御林軍保駕離開了鎖陽城。而薛仁貴經過幾天的休養，體力已恢復大半，他重新執起帥印，整頓大軍，準備繼續西進，一舉攻破西涼國。

一第五回 蘇寶同再圍鎖陽

　　蘇寶同連續逃了幾天，看唐軍沒再追來，連忙找了個地方收點殘兵，沒想到百萬大軍竟然剩不到十萬，其中還有大半是傷兵，一時懊惱萬分。

　　這時，前方突然揚起一陣風沙，殺出大隊人馬，黃沙漫漫根本找不到躲藏之處，嚇得蘇寶同不知如何是好。等部隊走近，他才發現來的是西涼國軍師飛鈸禪師和鐵板道人。

　　蘇寶同一見到他們，忍不住訴苦：「兩位軍師，那個程咬金實在可惡，本來看他是個老廢物，才放他回長安，沒想到他竟然帶回三十萬大軍，不但破了我的寶物，還把我差點捉到的唐王救回去，我一定要報仇雪恥啊！」

　　飛鈸禪師安慰他：「元帥請放心，憑我的飛鈸和道兄的鐵板，一定能幫你報仇，殺得他們片甲不留。」

　　飛鈸禪師的身高不滿四尺，是個矮胖和尚，他的一對金鈸，可以上天下地把人打成肉泥；鐵板道人身

高一丈，留著紅鬍子，當年羅通掃北時，他曾是大唐的手下敗將，逃到西涼國後練就操作十二塊鐵板的好功夫，可以防禦也可傷人。有這兩個人當自己的左右手，蘇寶同如同吃了顆定心丸。他立刻重整旗鼓，打算趁著月黑風高再次包圍鎖陽城。

薛仁貴為唐太宗送行之後，馬上著手準備西進的事宜。沒想到一覺醒來，鎖陽城外又被層層包圍。他登上城樓觀看敵情，看見西涼國大軍的旗幟四處飄揚，不禁大怒：「好個賊蠻子，竟然又回來找死，現在皇上已經不在城中，我已無後顧之憂，就算你有千萬雄兵，我也一定把你們殺得全軍覆沒。」唐軍士氣正盛，將士們義憤填膺，紛紛自願出戰。

第二天一早，飛鈸禪師來到城下大喊：「城裡的人聽著，飛鈸禪師在此，有本事的就出來一決高下。」

薛仁貴派出副將王奎出戰，開打沒多久，飛鈸禪師就假意逃走，再趁機將懷中的金鈸丟向天空，發出刺眼的金光，緊追在後的王奎大吃一驚，還來不及躲避，空中的飛鈸已瞬間砸落，打破了王奎的腦袋。

城頭上，薛仁貴看到王奎戰死，又派出陸成、王雲對付飛鈸禪師。沒想到出戰不久，兩人也一樣慘死在飛鈸之下。

「這是哪裡來的妖僧，竟然連殺我幾名大將，有人能破解他的飛鈸嗎？」薛仁貴大怒。

所有人看到王奎等人慘死，都害怕得不敢出聲，只有竇一虎跳出來說：「元帥，我雖然是棋盤山的山賊，但曾向王禪老祖學過地行之術，讓我去會一會敵軍的胖和尚，看他到底用的是什麼法寶。」

薛仁貴正想看竇一虎有什麼本事，便派他出戰。竇一虎接令後，也不穿戴盔甲，只把黃色頭巾朝頭上一綁就出城應戰了。

飛鈸禪師看竇一虎個子矮小，暗自高興又一個來送死的，正好可以殺了他再嚇嚇城裡的薛仁貴。兩人正式交手，竇一虎動作敏捷，繞著飛鈸禪師的座騎跳上跳下，飛鈸禪師好不容易看到破綻，竇一虎立刻又跳到別的地方，根本無從下手。

突然間，竇一虎繞到飛鈸禪師後面，一棍打在馬屁股上，馬兒發了狂似的把飛鈸禪師甩下來。飛鈸禪師眼看打不過竇一虎，趕緊丟出飛鈸，朝竇一虎頭上砸去。

竇一虎知道飛鈸不可小看，一扭身就往地下鑽，還對飛鈸禪師說：「你要打到我，看來還得多練十年功力！我改天再陪你玩。」

飛鈸禪師嚇了一跳，心想大唐有這種奇人，怪不得能攻下鎖陽城，於是收兵回營不敢再大意。

竇一虎回到城裡向薛仁貴報告戰況，他認為飛鈸禪師的法寶十分厲害：「要不是我有地行之術，早就被飛鈸打成肉泥，一般人如果不會法術，很難對付！」薛仁貴聽了之後也十分苦惱。

接下來一連幾天飛鈸禪師都到城外叫陣，薛仁貴暫時關閉城門，召集眾將領商量破解的方法。有人建議放薛丁山出來對付飛鈸禪師，但薛仁貴執意不肯。又過了幾天，薛仁貴一籌莫展，只好昭告將士們，如果有人能破解飛鈸，就請皇上重重獎賞。

竇一虎心中不禁盤算了起來，他對薛仁貴說：「元帥，我有破解飛鈸的辦法，不過我不要封地賞金，我只有一個要求，就是請元帥把金蓮小姐嫁給我。」

「如果你破了飛鈸，我一定論功行賞，但你這要求太無禮，我的女兒絕對不可能嫁給你。」薛仁貴打從心裡就不喜歡竇家兄妹，薛丁山的婚事已經讓他十分不高興，怎麼可能答應竇一虎的要求。

竇一虎看薛仁貴瞧不起他，心裡十分不高興：「既然如此，那我回我的棋盤山，看你怎麼對付這飛鈸禪師。」說完一扭身就不見了。

　　薛仁貴心想：「現在正是國家需要人才的時候，如果他真能破解敵人的飛鈸，讓他離開豈不是一大損失？」於是立刻改口：「竇將軍，先別走，說看看你有什麼方法破解飛鈸。」

　　竇一虎在地下聽到薛仁貴這麼說，馬上鑽出地面說明：「我可以趁半夜，潛到番營，偷出飛鈸，殺了飛鈸禪師，解決元帥的心腹大患。」薛仁貴覺得或許可行，便答應竇一虎，至於婚事就等事成之後再商量。

　　當晚西涼國營帳中，蘇寶同與兩個軍師正為了連續解決唐營大將慶功喝酒。竇一虎潛入地下，來到敵營，把頭探出地面察看，正好被飛鈸禪師發現了，飛鈸禪師猜想他要來偷東西，就藉故把假的飛鈸高掛在旗桿上，引竇一虎出來。

　　竇一虎渾然不知自己已經被發現了，趁著三人酒酣耳熱，找到機會鑽出地面跳上旗桿，拿了假飛鈸。他還對蘇寶同放話：「蘇寶同，飛鈸本將軍帶走了，明

天一早上戰場你就認輸吧！」說完轉身要走，沒想到飛鈸禪師卻祭起真飛鈸砸向他。竇一虎大驚，想要鑽回地下，飛鈸禪師立刻念咒語讓地面變硬，再把他困在飛鈸之中。

竇一虎覺得氣悶難過，突然想到師父王禪老祖曾給他一顆保命丹藥，他搜出丹藥吞下，才覺得舒服多了。

這時外面的飛鈸禪師大笑，說：「總算抓住他了，元帥請放心，只要在這鈸裡七日，就算神仙都會化為血水。」蘇寶同聽了很高興，直誇飛鈸禪師神機妙算。

第六回 丁山破鐵板道人

　　薛仁貴等了一晚，見竇一虎沒有回營，便命令程
千忠去打聽消息，但敵營完全沒有任何動靜。接下來
的幾天，換鐵板道人前來討戰，薛仁貴派出幾員副將，
全都被鐵板道人所傷，只好再度關閉城門，另外想法
子。

　　此時，王禪老祖正在雙龍山蓮花洞打坐，突然心
有所感，掐指一算，知道大徒弟有難，趕緊交代二徒
弟前去營救：「秦漢，你師兄現在有難，被困在鎖陽城
外，我給你兩樣寶貝，一是鑽天帽、一是入地鞋，你
快帶著我這道靈符去救你師兄。救出師兄後，你就待
在薛元帥那裡，幫他征討西涼國吧！」

　　秦漢是大唐駙馬秦懷玉的兒子，小時候因為有仙
緣，被王禪老祖帶去修法，如今道緣已滿，又碰上竇
一虎遇難，正好下山。

　　秦漢戴上鑽天帽，不一會兒就來到鎖陽城。由於
秦漢也是個矮個子，薛仁貴遠遠看到他從天而降，還

以為竇一虎回來了，近看才知道不是，一問得知他是秦懷玉失散多年的兒子，不免又驚又喜。

秦漢向薛仁貴報告竇一虎受困敵營的狀況，並獻上搭救的計策。薛仁貴認為計策可行，要秦漢當晚便行動。

夜半，秦漢算準時間飛進番營，殺了飛鈸禪師派去向蘇寶同拿飛鈸的士兵，接著換了士兵的衣服，手持令箭，代替士兵去取飛鈸。

拿到飛鈸出了營帳，秦漢立刻戴上鑽天帽飛出敵營。回城的路上，他敲了敲鈸，問：「裡面的人，知道大爺是誰嗎？」

「師弟是你嗎？你怎麼會在這兒？快放我出來。」竇一虎認出秦漢的聲音，十分驚喜。

「師兄別急，師父有交代，一定要回城裡，到元帥面前才讓你出來。」

「師弟行行好，我曾在元帥面前自誇，如果偷到飛鈸回營就可以娶薛家小姐，如今不但被抓，還被關在鈸裡，實在很沒面子啊！」

秦漢想捉弄他，努力忍住心中的笑意，嚴肅的說：「這是師父的命令，師兄就忍著點吧！」

回到城裡，薛仁貴急著問竇一虎的狀況。秦漢把

39

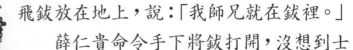

飛鈸放在地上，說：「我師兄就在鈸裡。」

薛仁貴命令手下將鈸打開，沒想到士兵們用盡力氣，兩片飛鈸仍然紋風不動。這時秦漢拿出王禪老祖的靈符往鈸上一貼，兩片飛鈸就分了開來。

「唉呀！你們別看了！」竇一虎覺得丟臉，兩手遮著臉跳出飛鈸，大家看到都笑了起來。薛仁貴安慰竇一虎，要他好好休息，並叫人打開城門，準備接戰。

西涼國陣營中，飛鈸禪師等了好久，不見士兵帶飛鈸回來，知道出事了，馬上找蘇寶同和鐵板道人一起商量對策。

「飛鈸丟了，再慢慢煉就好，我還有十二面鐵板，明天一早出陣，我替元帥出一口氣。」鐵板道人安慰他們。

第二天一早，鐵板道人到城門前叫陣，薛仁貴指派秦漢出戰。

鐵板道人看到秦漢不禁大笑：「唐軍難道沒有大將了嗎？都是一些矮個子。」秦漢聽了很不高興，舉起狼牙棒就往鐵板道人腳上打去，鐵板道人執起長劍回

防。交手沒多久，<u>鐵板道人</u>不是<u>秦漢</u>的對手，祭起鐵板砸向<u>秦漢</u>，<u>秦漢</u>往地下一鑽就不見了。

「怎麼這矮子也會遁地的法術。」<u>鐵板道人</u>大驚，一時慌了手腳，趕緊收兵回營。

次日，<u>鐵板道人</u>又來討戰，<u>薛仁貴</u>再度派<u>秦漢</u>出城應戰。<u>鐵板道人</u>知道只靠鐵板打不過<u>秦漢</u>，連忙念起咒語，突然一陣天昏地暗、飛沙走石，許多青面獠牙的惡鬼一齊殺向<u>秦漢</u>。<u>秦漢</u>不慌不忙戴上鑽天帽站到雲端，發了個掌心雷，鬼怪聽到一聲霹靂，全數散去。

<u>鐵板道人</u>大吃一驚，心想：「這傢伙昨天鑽地，今天又會飛天，看來不好對付。」

<u>秦漢</u>心裡也盤算著：「這牛鼻子詭計多端，得再想辦法克他。」於是雙方皆收兵回營。

第三天，<u>鐵板道人</u>又來討戰，<u>周青</u>等八位總兵搶著上陣，一出城就把<u>鐵板道人</u>團團圍住，<u>鐵板道人</u>撐了一會兒，自知寡不敵眾，趁隙祭起鐵板，將八人打下馬。<u>秦漢</u>和<u>竇一虎</u>一起帶

兵搶救，才把八位總兵護送回城。

　　一連三天沒能建功，八位總兵還受了傷，薛仁貴一籌莫展，不知如何是好。

　　程咬金建議：「元帥之前中了蘇賊的毒鏢，是靠小將軍的丹藥才痊癒的，如今總兵們被鐵板所傷，不妨放他出來，或許他有解決的方法。」

　　薛仁貴雖然不願意，但為了救八位總兵的命，只好暫時放出薛丁山。果然敷了薛丁山的丹藥後，八位總兵的傷很快就痊癒了。在眾人的勸說之下，薛仁貴答應如果薛丁山能對付鐵板道人，將功折罪，就免去他的懲罰。

　　這天薛仁貴收到番將再度攻城的消息，立刻命令秦漢、竇一虎帶兵前往南門應戰，薛丁山和竇仙童衝出東門，自己和女兒薛金蓮則鎮守北門。

　　竇一虎為了差點被飛鈸禪師害死而憤憤不平，飛鈸禪師知道秦漢偷去了他的法寶也十分惱怒，因此當兩方人馬在南門相會，仇人相見，分外眼紅。但飛鈸禪師沒有了飛鈸，就像斷翅的

老鷹一般，根本不是兩個矮將的對手，對戰沒多久就節節敗退。

東門外，鐵板道人見寶仙童貌美，想搶她回營，於是祭起鐵板打向薛丁山，沒想到鐵板落到薛丁山頭上，就被太歲盔燒成飛灰，一連十二塊鐵板被燒得一點不剩。一旁寶仙童也拿起細仙繩準備抓他，鐵板道人大驚失色，狼狽帶兵向西逃竄。

薛仁貴父女對上了蘇寶同，蘇寶同放出柳葉飛刀想要傷人，沒想到薛金蓮有金甲神護體，飛刀還沒射到薛仁貴父女，就全被金甲神收去，蘇寶同大敗逃走。

這一戰西涼國潰不成軍，三人逃了三十多里後，清點人馬，三十萬大軍只剩下一萬多人。狼狽的三人所有寶物都被破解，猶如喪家之犬，兩位軍師決定回山煉好寶物再來和唐軍一決勝負，蘇寶同也決定先撤兵到寒江關再做打算。

蘇寶同率領殘兵敗將走到寒江關，突然看到遠方旌旗滿天，寫著「征東皇后」四個大字，他沮喪的心情不禁又燃起了希望，高興的大喊：「姐姐，妳終於來了。」原來是西涼國皇后蘇錦蓮帶著大軍前來支援。

蘇錦蓮聽蘇寶同述說和唐軍交手的經

過，十分憤慨，安慰他說：「國王命我帶四十萬大軍來幫你的忙，現在你把帥印交給我，安心的去找你師父修煉寶物吧！我倒要看看唐軍那些人有什麼本事。」

蘇寶同臨走之前，再次叮嚀蘇錦蓮大唐將領們各有什麼法寶，才告辭離開。蘇錦蓮接下蘇寶同的部隊，帶著大軍在鎖陽城外紮營，準備再度圍住鎖陽城。

第七回 丁山納妾陳金定

　　薛仁貴擊退了蘇寶同後收兵回城，本以為西涼國暫時不會再有動作，沒想到幾天後探子卻傳回蘇錦蓮帶領大軍準備再度圍攻鎖陽城的消息。薛仁貴不想再次受困，立刻召集將官出兵，打算在番兵還沒有到鎖陽城之前，就給他們迎頭痛擊。

　　西涼國大軍還來不及安營，唐軍就大舉來襲，殺得他們措手不及。蘇錦蓮當機立斷掏出葫蘆，口中念念有詞，接著右手往唐軍一指，一道紅光激射而出，無數火鵲撲向唐軍。唐軍從沒看過火鵲，亂成一團，相互推擠，一些愣在原地的人轉眼就被燒得體無完膚，嚇得其他人不停尖叫、狂奔。

　　正當唐軍驚慌不已，薛丁山駕著龍駒寶馬從濃煙中竄出，拉滿寶雕弓，連續射出穿雲箭，箭勢快如奔雷，沒多久就把攻擊唐軍的漫天火鵲射了下來。火鵲被破解之後，唐軍士氣大振，西涼國的軍隊不一會兒就土崩瓦解。

　　蘇錦蓮怒火中燒，趁薛丁山拉弓時猛力揮起金鞭打中他的後背，一般人被擊中這一下必死無疑，但薛丁山習武多年，身上又穿著天王甲保護，總算保住他的性命。

　　薛丁山受了傷，功力大減，又不確定蘇錦蓮是否還有其他法寶，擔心波及旁邊的士兵，於是轉身跑向山裡，意圖引開蘇錦蓮。果然蘇錦蓮看機不可失，在後頭緊追不捨，兩人一下子便離開了戰場。

　　「吼──」一聲虎嘯在深山空谷中迴響，薛丁山四處張望，發現一個黝黑的村姑正拿著一雙鐵鎚在打老虎。一個不留心，蘇錦蓮與自己只差幾個馬身的距離，薛丁山一時情急，對著村姑大喊：「這位姑娘，有人在後頭追殺我，請幫幫我啊！」

　　村姑看到薛丁山一表人才不像個壞人，拍胸脯答應：「小哥哥放心，你先躲進樹林裡，追兵我來應付。」

　　「喂！有見到一個小伙子經過嗎？」薛丁山前腳才剛躲入樹林，蘇錦蓮隨後便出現，很不客氣的問。

47

村姑順手指向樹林裡，蘇錦蓮也不答謝，一夾馬腹就追了過去。突然間，村姑把剛打死的老虎砸向蘇錦蓮，將她打下馬來。薛丁山一個箭步從樹林中竄出，取下她的首級。

　　「我是大唐將軍薛丁山，奉命來取這番將性命。姑娘好大的力氣，不知道怎麼稱呼？妳怎麼一個人在這裡？家中沒有其他人了嗎？」

　　「我叫陳金定，是家中獨生女。父親陳雲曾經是隋朝的總兵，奉旨往西番借兵，改朝易代之後不能再返回中原，就和住在本地的母親成婚，我們一家三口平日就靠幫人家砍柴維生，所以每天都會來這裡。」

　　兩人彼此介紹後，陳金定看薛丁山受了傷，主動幫他包紮好傷口，並邀請薛丁山到家中小坐。

　　「姑娘的救命之恩我感激在心，但軍令在身，我得趕回城中交代，他日必再登門道謝。」說完匆匆帶著蘇錦蓮的首級告別。

　　薛丁山回到城中，向薛仁貴報告巧遇陳金定和擊敗蘇錦蓮的經過。薛仁貴對深山中存在這樣的女子感到十分驚奇，要程咬金和薛丁山隔日帶著金銀布匹去陳家登門道謝。

　　程咬金和薛丁山回營之後，薛仁貴見薛丁山苦著

一張臉，便詢問兩人上山拜訪的狀況。

「啟稟元帥，這一趟前去，陳雲表明想投效大唐、返回中原的心志。此外還提了一件事……」

「喔，什麼事？」薛仁貴聽出程咬金口氣有些不對勁。

「他說他女兒陳金定曾在武當聖母門下修法，下山前武當聖母指示陳金定與丁山有姻緣，想請元帥同意這件婚事。」

薛仁貴仔細思考，認為陳金定不但對薛丁山有救命之恩，而且對征討西涼國來說是不可多得的幫手，於是應允了親事。

薛丁山立刻反對：「我已有仙童做我的妻子，和那女孩不過只是一面之緣，這門親事還請父帥三思。」

但薛仁貴心意已決，執意要薛丁山和陳金定成親。

因父命難違，薛丁山向薛夫人和竇仙童投出求救的眼神，沒想到她們不但不反對，還一同勸薛丁山顧全大局，順從薛仁貴的決定。薛丁山拗不過眾人的要求，最後只好答應。當晚薛家便派人上山接陳雲一家進

城，張羅喜事結成連理。

　　再次解除鎖陽城危機，<u>薛仁貴</u>不禁鬆了一口氣，並開始構思接下來的布局。<u>鎖陽城</u>再往西行就是<u>寒江關</u>，<u>陳雲</u>長年住在此地，熟悉附近的狀況，他向<u>薛仁貴</u>分析：「<u>寒江關</u>離<u>鎖陽</u>有四百里遠，之間隔了一條<u>寒江</u>，如果元帥要攻打<u>寒江關</u>，水戰勢必無法避免，因此我們必須先建造船隻，準備渡江。」<u>薛仁貴</u>接受他的建議。

　　<u>薛仁貴</u>造好了大船，選定沒有月光的夜裡渡江搶灘。在夜色的庇護下，船隊順利行駛到<u>寒江</u>中央。突然間，一陣連環炮聲響起，對岸衝出無數番船，想把<u>唐</u>軍的船隊衝散，一時殺聲震天。

　　原來<u>樊洪</u>早就收到<u>薛仁貴</u>造船的消息，吩咐兩個兒子<u>樊龍</u>和<u>樊虎</u>在江上備戰。他們採取突襲的戰術，打算用較小的船隻，從側面把<u>唐</u>軍船隊截斷包圍。

　　<u>薛仁貴</u>下令：「水戰不比陸戰，後方部隊務必跟上，不可落後，結合戰力才有可能搶灘上岸。」

　　「是！」

　　兩軍相會，<u>秦漢</u>和<u>羅章</u>分別跳上<u>樊龍</u>和<u>樊虎</u>的船，殺得番營措手不及。後方的<u>樊洪</u>看到兩個兒子陷入困境，想駕船去助陣，卻被<u>竇一虎</u>攔住。<u>樊龍</u>和<u>樊虎</u>不

是唐將的對手，分別受傷棄船逃走，樊洪見狀況不妙，決定退回寒江關。唐軍陸續搶灘成功。

　　薛仁貴本想繼續搶下寒江關，但寒江關位在兩座高山之間，地形十分險峻，易守難攻，加上樊洪又不斷從山腰丟下滾木和落石，唐軍完全無法靠近。薛仁貴決定先在岸邊安營，另擬計畫攻打寒江關。

第八回 移山倒海樊梨花

寒江一戰，樊洪大敗，兩個兒子也受了傷，眼下他們雖然利用地利暫時擋住唐軍的攻勢，情勢對他們仍是十分不樂觀。

樊夫人對樊洪說：「老爺，看來這個薛仁貴果然十分厲害，要不要找女兒商量看看，她才剛修道回來，或許有辦法對付他們。」樊洪覺得有理，立刻喚女兒到大廳。

樊洪女兒名叫樊梨花，跟隨梨山老母學道八年，很少回到寒江關。前些日子，梨山老母把她叫到面前，說：「現在西涼國和大唐之間發生戰亂，妳與大唐二路元帥薛丁山姻緣註定，必須幫助大唐一同征西。」

樊梨花心生疑惑，便問師父：「我父親是西涼國的守將，我怎麼可能助唐征西呢？」

「妳回寒江關去吧！一切都是天意，以後妳就會明白的。」梨山老母面帶微笑。

樊梨花來到大廳，看哥哥們受了傷，拿出梨山老母給的丹藥幫他們敷抹，傷口竟立刻痊癒，兩個哥哥直呼神奇。

　　樊洪問她是否有擊退唐軍的妙法，樊梨花回答：「唐軍我是不怕的，明天我一定讓他們知道我的厲害。」她雖然說得自信滿滿，但是一想到師父交代的話，內心不禁起了另一番掙扎。

　　「小時候爹娘便告訴我子女的婚姻應該由父母親作主，尤其是像我們這樣的家庭。爹從小就將我許配給白虎關守將楊藩，我應該和他成親。但……這真的是我想要的嗎？」樊梨花思考著，「師父說我和薛丁山有姻緣，又是怎麼一回事呢……不如我明日多觀察薛丁山，或許就會有答案了。」

　　第二天，樊梨花身著戰甲，帶兵來到唐營前叫陣。薛仁貴聽到探子回報樊梨花指名要薛丁山出陣，不禁大怒：「我們大唐將士，是可以任憑對手指配的嗎？誰願意出去教訓這目中無人的番女？」

　　竇一虎挺身而出，一旁的羅章也

自告奮勇，表示自己身為先鋒，願意率先出戰。

「好，既然你們都這麼有心，就派你們一起出陣！」薛仁貴下令。

樊梨花看唐營出來兩個人，一高一矮，直覺他們都不是薛丁山，便說：「你們二個無名小將快回去吧！我指名要薛丁山出陣，快叫他出來。」樊梨花騎在馬上，一身金甲映著白皙的瓜子臉，雙瞳流轉顧盼有神，眉宇之間英氣颯颯。

羅章見她是美人胚子，有些動心，回答：「如果妳贏得了我們，小元帥自然會出來，不過如果妳輸了，我可要抓妳回去陪我們喔！」

樊梨花聽對方言語輕薄，也不多說什麼，只是揮刀一指，身後突然出現無數人馬朝著兩人的方向衝殺過去。竇一虎和羅章還沒回過神，被嚇得轉身就逃，還沒出招就敗陣，之後才知道中了樊梨花撒豆成兵的法術。

薛仁貴得知兩人大敗，接著指派竇仙童上陣。

「來者何人？還不快報上名來？」樊梨花見唐營出來一個明眸皓齒的年輕女將，不禁好奇起對方的來歷。

「我是薛丁山的妻子竇仙童。妳指名要我丈夫出

來，未免太過無禮！」

樊梨花笑著說：「我倒要看看妳有什麼本事。」說完執起雙刀迎了上去。竇仙童也用雙刀接戰，兩人在陣中來回穿梭，四把亮晃晃的刀光全場飛舞，看得兩方士兵眼花撩亂。

樊梨花知道兩人刀法相當，繼續過招難分高下，於是心生一計。她一個轉身近身上前，單手壓制竇仙童雙刀，另一手祭起打神鞭，竇仙童閃避不及，被擊中左肩跌下馬。樊梨花正要繼續出鞭，一個黝黑粗獷的女人卻橫擋在兩人面前。

「姐姐，我來幫妳。」陳金定見竇仙童受了傷，趕緊衝上前助陣，「我是薛丁山的二夫人，妳這賤人要我丈夫出戰，還傷我姐姐，看我怎麼收拾妳。」

「原來薛丁山的夫人裡，也有這種男人婆啊！」薛丁山兩位夫人的形象天差地遠，讓樊梨花忍不住好奇他本人究竟如何。

陳金定聽了大怒，揮著雙鎚就打了過去，樊梨花雙刀接戰。兩人一個雙鎚虎虎生風，一個雙刀直削輕劈，一重擊，一輕柔，倒也不分勝負。樊梨花一心想見薛丁山，無心戀戰，於是口念咒語，召喚神兵來作戰。陳金定不甘示弱，同樣口念咒語，那些神兵竟然

都消失不見了。

樊梨花看自己的法術被破解，連忙拿出誅仙劍一劈，陳金定雖然即時轉身閃躲，左肩還是中了一劍。起初她的肩膀只是微微抽痛，因此並不以為意，沒想到不久之後，傷口竟像有千百隻蟲鑽入啃咬那樣的疼痛，再過一會兒，她的左手甚至舉不起來了，只好急忙用另一手駕馬奔回營帳。

薛仁貴聽到樊梨花連傷兩媳婦，而且依舊指名薛丁山出戰，氣得咬牙切齒：「妳想見他，我偏不讓妳見！」於是點名薛金蓮出陣。

「這該不會是薛丁山的第三個老婆吧！」樊梨花看到唐營又出一名女將，心中不禁猜想。

薛金蓮來到戰場，看樊梨花氣質出眾並不像惡人，心生好感，客氣的說：「我是薛元帥的女兒薛金蓮，妳三番兩次指名我哥哥出戰，到底是為了什麼？看妳年輕貌美，武藝不凡，何不投降大唐嫁個好丈夫，別再幫蘇寶同、西涼國國王助紂為虐了。」

薛金蓮態度有禮，樊梨花也非常欣賞，於是說出了心裡話：「其實我是奉師父梨山老母之命下山的，師父說我和薛丁山姻緣註定，所以我才指名會一會他。

誰知他避不出陣，因而造成唐營數將接連被我所傷，希望妳能把我的心意轉告薛元帥。」

薛金蓮看她一臉誠懇，便回答：「原來如此，我會幫妳轉答給父帥知道。天色已晚，不如我們先收兵吧！」樊梨花聽後嫣然一笑，各自回營去了。

隔天，樊梨花又來到唐營前指名要薛丁山出營。薛丁山頭戴太歲盔、身披天王甲，手持方天畫戟騎馬出陣。

「陣前是樊梨花嗎？」

樊梨花順著這洪亮的聲音望去，眼前的男子氣宇軒昂，英俊挺拔，相較於沙場中的男人，多了分文人氣息，少了點武將的霸氣，卻不失剛毅。看著薛丁山，她不禁怦然心動，紅了雙頰。

「妳指名本將軍出戰到底有何用意？如果有意歸降，我們可以再談，但如果要談婚姻，我堂堂大唐二路元帥，是不可能答應妳的。」薛丁山態度斬釘截鐵，把出了神的樊梨花拉回了現實。

樊梨花平舉雙刀指向薛丁山，說：「要我投降，得看你有沒有那個本事。」說完就揮刀殺向薛丁山，薛丁山也執起方天畫戟迎戰。

刀劍無眼，樊梨花只是想挫挫薛丁山的銳氣，並不想真的傷害他，於是招式一收，念起咒語。

忽然間，薛丁山眼前一片昏暗，再睜開眼竟已看不到樊梨花的身影，只有一座高山轟立在他面前。薛丁山心裡覺得不妙，但一時找不到回營的路，只好策馬上山，走著走著卻落入陷阱之中。他正要大聲呼救，卻看見樊梨花站在一旁。

「你如果答應我的要求與我成親，我就放了你。」

薛丁山眼看無法脫身，決定敷衍樊梨花：「婚姻大事豈可兒戲，我要回去和父帥商量才能定奪。」

樊梨花以為薛丁山有心答應，笑著說：「男兒一言既出，駟馬難追。如果你真的有意成親，那就先發個誓吧，發完誓我一定放你回去。」

薛丁山心想兵不厭詐，先求脫身再想辦法，但又擔心天譴，於是想了一個難以成真的誓言：「我薛丁山發誓，如果我回營後辜負了妳，就讓我掛在半空中，沒有存身之處！」

「好，我相信你。」樊梨花一念咒語，薛丁山瞬

間就回到戰場上。

　　薛丁山脫身後思考兩人對戰情形，覺得樊梨花施了法術才會把自己困住，心裡越想越生氣，於是大罵：「妳這不要臉的番女，剛剛究竟在我身上施了什麼妖法？妳休想我答應和妳成親，我們憑真本事來分個勝負吧！」

　　樊梨花見他不講信用，心裡的怒氣也衝了上來，飛舞雙刀架開方天畫戟，兩人又在戰場上打了起來。過沒多久，她口中念念有詞，不遠處便出現一座比之前更高聳的山，她假意敗走，逃向山裡，薛丁山立即跟上，不料一追上山就在松林裡迷了路，甚至不小心跌落深谷，進退兩難。

　　正著急的時候，薛丁山隱約望見山頂松林間有個樵夫在砍柴，於是大聲求救：「砍柴的大叔，我為了追番邦女子，在這山谷裡迷路，請大叔幫我個忙。」

　　樵夫回答：「沒問題，我把繩子丟給你，你綁在身上，等我把你拉上山頭就有大路可以出去了。」

　　薛丁山照樵夫的指示將繩子繫在腰間，沒想到樵夫拉到一半卻停了手，把

繩子纏在松樹上。薛丁山被吊在半空中，急忙大喊：
「大叔，快拉我上去啊！」

　　樵夫並不理會他，自顧自的唱起了山歌：「口口聲
聲仁義忠孝，失信背義自作自受……」樵夫的歌聲越
來越遠，薛丁山猛然想起剛剛立下的誓言，但這時後
悔已來不及了。

　　這時，山谷中傳來樊梨花的聲音，她笑盈盈的說：
「我記得剛才好像有人發誓要掛在半空中，沒有存身
之處不是嗎？你還有什麼話好說。」薛丁山心中又急
又氣，知道這一切都是樊梨花設下的幻術，卻一點辦
法也沒有，只好再次保證回營後一定請薛仁貴提親迎
娶。

　　樊梨花不相信，又要薛丁山再發一個誓。薛丁山
雖然百般不願意，只能硬著頭皮說：「如果我薛丁山再
欺騙小姐，就讓我落入茫茫大海之中，四處漂流，自
生自滅。」

　　樊梨花聽薛丁山又漫天起誓，心裡知道他心有不
甘，一定會再違背誓言，但她也不說破，咒語一出，
高山深谷和松林瞬間消失無蹤。

　　薛丁山解開了腰間的繩子，縱身上馬後指著樊梨
花大罵：「妳這賤人，用妖法困住我、羞辱我，休想我

會答應與妳成親，要我答應妳就拿出真本事來，才能讓我心服口服！」

薛丁山再度反悔，早是樊梨花預料中的事。兩人又在戰場上打了起來。樊梨花心知薛丁山不是自己對手，繼續打下去沒意思，於是再次念起咒語。一陣天旋地轉之後，薛丁山覺得自己在半空中轉了好幾圈，等到身子落下時，竟然「撲通」一聲掉入海裡。

薛丁山雖然知道樊梨花又對他施展幻術，卻想不出破解的方法，只能在海中載浮載沉。這時海中駛來一艘大船，原來是鄰國太子正好經過，薛丁山大聲呼救，船上的人趕緊把他打撈上船。太子問起他在海上漂流的原因，薛丁山便把他與樊梨花交戰和逼婚的事說了一遍。

沒想到太子竟然對他說：「言而無信，是你不對在先。她既然有意嫁給你，又神通廣大，你應該把握機會才對，這樣不僅娶回一個美嬌娘，還為大唐征西找

63

到有力的幫手，一舉兩得，你一點也不吃虧啊！」

「樊梨花那些騙人幻術不過是雕蟲小技，我身為大唐二路元帥，怎麼可以屈服她呢？結婚之事我絕不會答應。」

太子聽了很生氣，叫手下搬來大石頭，把薛丁山綁在石頭上。

「我生平最討厭言而無信的人，既然你不願遵守誓言，我也沒有救你的必要，就把你再丟回大海自生自滅去吧！」鄰國太子不顧薛丁山的掙扎，將他連著石頭往滔滔海水中丟去。

薛丁山吃了海水拚命大喊，突然眼前一黑，轉眼大海、船艦和太子消失不見，他狼狽的跌坐在路邊，身上還繫著大石頭，抬頭一看，龍駒寶馬就站在身邊，樊梨花也在他眼前。

樊梨花笑嘻嘻的說：「這是移山倒海的幻術，就算你明知是幻術，一樣逃不出我的手掌心。這一切不過是應驗你的誓言罷了，你還有什麼話好說。」

薛丁山沉默一陣子，緩緩說出：「我明知妳使用幻術卻難以脫身，是我技不如妳，如今我絕不再食言，回營後必定和父帥商量成親之事，請小姐放我回營吧！」

樊梨花看他受了教訓，便對他說：「你之前隨口說的兩個誓言都應驗了，這次你得發一個重誓，希望你別再違背自己的誓言。」

　　「如果我再不遵守誓言，一定死在敵人的刀劍之下。」

　　樊梨花聽他這回真的起了重誓，於是親手替他鬆綁，放他回營去了。

第九回 樊梨花弒父誅兄

　　薛丁山回到營中，想起戰場上被樊梨花羞辱的經過，心裡像吃了一記悶棍。見到薛仁貴，他不自主的雙膝跪下：「孩兒不孝，未能得勝回來，反而被番將樊梨花羞辱，丟了父親的臉。」接著便將樊梨花逼婚，施法將他三擒三縱的事詳細報告，並且聲明：「父帥，我已經有兩個妻子，樊梨花這番邦女子三番兩次逼婚，我是不會答應她的。明天請讓我再次出戰，我一定會想辦法讓她嘗點苦頭。」

　　「勝敗乃兵家常事，你不用太過自責。」薛仁貴扶起了薛丁山，「看來樊梨花並非一般女子，不僅武藝出眾，還懂法術，得好好想想該怎麼對付才行。」

　　眾人傷透腦筋的時候，程咬金卻哈哈大笑：「這真是皇上洪福齊天，西涼國平定有望啊！」見到眾人疑惑的表情，程咬金趕緊分析：「你們想想，樊梨花有移山倒海、撒豆成兵的法術，如果與我們為敵，必然十分棘手。但如今她奉師父之命，要與小將軍結成連理，

投順大唐，一齊同心西征，這樣不但寒江關不傷一兵一卒就可以拿下，往西的征途還多了有力的幫手，豈不是上天賜給皇上最好的禮物嗎？」

薛仁貴覺得有理，便問：「不知程將軍願不願意替丁山做個媒人？」程咬金笑著說：「這事我老程已經做了兩回，俗話說一回生、二回熟，就包在我身上吧！」

「程將軍，說不定對方有詐，這種事怎麼可以這麼輕易就答應呢？」薛丁山想不到薛仁貴竟然同意程咬金的建議，語氣有些激動。

「是否有詐，待我老程走一趟寒江關就知道了。」

樊梨花收兵回寒江關後，立刻向父親樊洪報告在戰場上三擒薛丁山的經過。樊洪很高興的問她把薛丁山押在哪裡，樊梨花卻回答：「我放他回去了。」

「妳為什麼要縱虎歸山？」樊洪眉頭一皺。

樊梨花吞吞吐吐的說：「爹爹先別動怒，這次下山回來之前，師父說我命中和薛丁山有姻緣，交代我要和薛丁山成親。」

樊洪氣得雙手往桌上一拍，把桌子都拍裂了。

薛丁山征西

「妳從小就許配給楊藩，怎麼可以再和薛丁山成親？難道妳想違逆父母嗎？楊藩的父親是我的世交，妳這樣叫我的臉往哪兒擺？更何況薛丁山是唐營的人，妳這麼做是不忠不孝！我不管梨山老母到底說了什麼，這件事我是絕不可能答應的！」

樊梨花聽到樊洪提起楊藩，立刻板起了臉，說：「和楊藩的婚約是從小爹娘替我決定的，婚姻是一輩子的事，我想要有自己選擇的權利。薛丁山人品非凡、氣宇軒昂，是個有骨氣的人，希望爹爹成全。再說，西涼國國王已經被蘇寶同控制，不像大唐皇帝是個明君，我們不如歸順大唐，不要再效力西涼國，爹爹覺得怎樣？」

樊洪氣得拔劍大罵：「妳真是不要臉，竟然想跟敵營的人私訂終身，我沒妳這種女兒。」揮劍就向樊梨花殺過去。

樊梨花驚險閃過樊洪的招式，急聲請求：「女兒絕不嫁給楊藩，爹爹不要逼我。」

「住口！當初真不該讓妳跟梨山老母修行。妳眼裡只有師父沒有我這父親。」樊洪左右又是兩劍。

「女兒沒這個意思，爹不要苦苦相逼。」樊梨花躲到梁柱後頭。

「妳這逆女，竟然想投降大唐，留著妳也沒用——」樊洪氣急敗壞，劍勢一招急過一招，招招都指向樊梨花的要害。

「西涼國國王被蘇寶同蒙蔽，才會向大唐挑釁引發戰亂……」樊梨花話還沒說完，袖口已被削去了一截，只好抽出佩劍阻擋。

樊洪看樊梨花也抽出劍來，更是怒火攻心。

「我今天非殺了妳不可。」樊洪揮劍如雨，狂暴的灑向樊梨花。樊梨花以劍光護體，竟沒有一絲破綻。樊洪見狀心一急，一個腳步踏不穩，竟然不偏不倚跌在樊梨花的劍尖上，一劍刺穿了喉嚨，立刻斷了氣。

突來的變故嚇得樊梨花魂不附體，抱著父親的屍體大哭起來。

樊龍、樊虎聽到喧鬧聲前來查看，沒想到一進門就看到父親冰冷的屍體。由於大廳裡只有樊梨花一個人，兩人立即抽出寶劍喝斥：「妳……妳竟然殺了父親，我們不能饒妳。」接著不分青紅皂白就大打出手。

樊梨花急欲解釋，但樊龍、樊虎充耳不聞，追著她大罵。刀劍不長眼，樊龍、樊虎不是樊梨花的對手，沒多久便死在她的劍下。樊夫人趕到大廳，見到三具冰冷的屍體，立刻昏了過去，好不容易醒過來，淚水

卻止不住的滑落。

「娘，別哭了，人死不能復生，以後女兒一定會好好照顧妳的。」樊梨花聲音哽咽，忍住不讓眼淚流下。

心情沉澱之後，樊梨花仔細一想：「如果薛家知道父親和哥哥都死在我的劍下，成婚之事一定不保，該怎麼辦呢……」她收拾起悲傷的情緒，命令手下將三人的屍首入殮，並吩咐所有人不得走漏風聲，接著傳令三軍在關口掛上降旗。樊夫人也想不出其他辦法，只能依順女兒的安排。

第二天，程咬金來到寒江關說媒，看到城上已經掛出降旗，十分欣喜。

樊梨花把程咬金引進關裡，母女倆知道程咬金是來說媒的，不禁鬆了一口氣。程咬金見只有樊夫人和樊梨花接待，覺得很疑惑，便問：「樊總兵和兩位少爺為何不出來相見？」

樊梨花怕東窗事發，推說三人有病沒辦法接見。樊夫人也說：「既然已經決心歸順大唐，就不會再改變心意，至於婚姻之事就請程將軍安排。」

程咬金回營後和薛仁貴報告提親的過程，薛仁貴非常滿意，一旁的薛丁山卻悶悶不樂。想起樊梨花之前在戰場上對他百般戲弄的樣子，薛丁山實在嚥不下這口氣，但孝順的他並不想違逆父親，只好接受婚事的安排。

這天，唐軍進入寒江關，薛、樊正式成為親家。但一直到了夜晚，都沒見到樊洪父子的身影，薛丁山內心起疑，再度問起。

樊梨花覺得兩人已成夫妻，且紙包不住火，便把那晚為了勸父親歸降，反而失手殺了父親和哥哥的事全盤說出。

薛丁山聽了瞪大眼睛，破口大罵：「妳背叛西涼國就是不忠；殺了父親就是不孝，我身為大唐二路元帥，怎麼可能娶妳這不忠不孝的人？」薛丁山不讓樊梨花有機會解釋，嚴厲指責：「妳連最親的父親和哥哥都忍心下手，心腸如此狠毒，搞不好下一個被殺的就是我！我絕對不能留妳活命，造成我們薛家的禍害。」薛丁山拔出佩劍，往樊梨花身上招呼過去。

樊梨花自知理虧，一路閃躲。「我父親的死真的是意外，我們既然已經成親，我直到死都是薛家的鬼，請相公原諒我曾經犯下的過失。」

薛丁山本來就不想與樊梨花成婚，這下更理直氣壯：「要我原諒妳是不可能的，妳父兄屍骨未寒就急著成婚，簡直是狼心狗肺，說！妳到底還有什麼目的。」

「相公請停手，我對你一心一意，怎麼會有什麼目的，我念在夫妻之情一再退讓，請不要再這麼咄咄逼人。」

薛丁山才不管樊梨花苦苦哀求，一劍急過一劍，想致樊梨花於死地。樊梨花逼不得已拔劍抵抗，兩人就在新房內大打出手。丫鬟看到這樣的狀況，嚇得立刻稟報薛仁貴，竇仙童和陳金定趕過來勸阻，好不容易才將兩人分開。

陳金定把薛丁山拉出房門，帶到大廳去見薛仁貴。竇仙童則留在房內陪伴樊梨花。

樊梨花委屈訴苦：「姐姐，我失手誤殺父親和哥哥全是意外，但不管我再怎麼解釋他都不肯聽。我三番兩次讓他，他竟然招招想取我的性命，我怎麼那麼命

苦啊！」

　　竇仙童向她說起當初棋盤山招親的事，安慰她：「相公是耿直的人，慢慢他會明白妳的心意的。」

　　薛丁山被帶到大廳上，薛仁貴劈頭就罵：「你這逆子，才剛成親就大打出手成何體統？樊梨花神通廣大，我們營中沒有人是她的對手，要不是她奉了梨山老母的師命，我們早成了她的刀下亡魂。如今她願意與你成婚助唐征西，你感激都來不及了，竟然還要殺她，你快進房去賠不是，否則我就以軍法辦你。」

　　這下薛丁山也生氣了：「那個女人殺了自己的父親和哥哥，天理難容，我如果和她成為夫妻，以後一定對我們薛家不利，請父帥收回成命。」

　　薛仁貴見薛丁山態度堅決，叫人打了他三十大板，關進牢中反省，並請程咬金去安撫樊梨花。

　　樊梨花知道薛丁山被薛仁貴關進牢裡，內心百感交集，含著淚對程咬金說：「謝謝將軍特地來安慰我，既然我和丁山已經拜了天地，我就是薛家的人，我會盡本分做好薛家媳婦，等待丁山回心轉意的，請您轉告元帥，要他放心。」

程咬金離開後，樊梨花越想越心煩：「師父說過這椿婚事是上天註定，那為什麼還會有這麼多的波瀾？」她決定找梨山老母問個明白，於是告別母親，回到梨山。

　　一見到梨山老母，樊梨花忍不住哭訴。梨山老母安慰她：「徒兒別傷心，我來和妳說個故事，妳自然就明白了。每年西天王母娘娘都會舉辦蟠桃大會，有一次蟠桃大會上，玉皇大帝座前的金童和玉女因為追逐嬉戲打碎了瓊瑤玉屏，讓玉皇大帝很生氣，決定懲罰他們。南極仙翁跟玉帝建議，他們因為動了凡心才會犯錯，不如讓他們下凡結為夫妻，去受人世之苦。玉女下凡之前，在凌霄寶殿外撞見了五鬼星，因為五鬼星長相滑稽，玉女忍不住笑了出來，五鬼星以為玉女對他有意思，就追著玉女下凡去了。金童在後頭看到玉女對五鬼星笑，罵她輕浮，玉女不以為然的對金童做了三個鬼臉……那金童就是薛丁山，玉女就是妳，至於五鬼星正是白虎關的楊藩。妳和薛丁山的姻緣還會有許多波折，但是最後一定會言歸於好，妳要多擔待些。」

　　樊梨花聽了恍然大悟，內心已不再那麼怨恨，但只要想起自己失手殺了最親愛的家人，還有往後不曉

薛丁山征西

76

得該怎麼面對薛丁山，心中又變得混亂不已。她決定回寒江關後，便到佛前靜心修養，好好平復自己的心情。

臨走前梨山老母又給她請仙錢數枚，說：「薛仁貴在攻打青龍關的時候會遇到困難，到時候妳拿這個法寶請仙人幫忙破陣，如果有急難再回來見我。」

薛仁貴在寒江關休息了五天，繼續往西邊的青龍關前進。

青龍關守將趙大朋知道唐軍已到達關外，決定趁其不備偷襲，挫挫他們的銳氣。當晚趙大朋帶兵衝進唐營，幾個副將試著阻攔趙大朋，卻被趙大朋的化血金鐘打死。竇一虎和秦漢雖趕到幫忙阻擋，但化血金鐘十分厲害，只要一被罩住，瞬間便會化為濃血。竇一虎和秦漢束手無策，只能鑽到地底躲避。

趙大朋在唐營中衝殺一陣後凱旋收兵，薛仁貴清點傷亡，十幾名副將和好幾千名兵力都犧牲了。

天一亮，趙大朋又來到營前宣戰，竇一虎報告說趙大朋的金鐘相當厲害，於是薛仁貴點竇仙童和陳金定出戰。趙大朋看唐營出來兩位女將，心裡竊笑：「唐營的男人昨夜都被我殺光了嗎？怎麼派兩個女人出來。」

竇仙童和陳金定看他長相兇惡，二話不說就打了起來，趙大朋打不過竇仙童和陳金定，於是又祭起金鐘要加害二人，竇仙童差一點被金鐘罩住，陳金定即時念起咒語，阻擋金鐘落下，但仍難以抵擋金鐘的力道，只有收兵趕緊逃回營裡。

　　薛仁貴問：「有誰可以破解化血金鐘？」所有人都不敢應聲，他只好先不理會趙大朋的挑釁，趕緊召集眾人商議。部分將領試著提出幾種對戰的方法，但都被竇一虎和秦漢否決。

　　「有了！」程咬金打破沉默：「我斗膽請元帥放出薛丁山，照先前的經驗，或許他會有辦法對付趙大朋。」薛仁貴想起前幾次薛丁山和蘇寶同等人對戰的身手，覺得或許可行，馬上派人回寒江關大牢放出薛丁山。

第十回 樊梨花請仙破陣

第二天趙大朋又到營前叫陣，薛丁山趕到青龍關，還來不及稍作休息便出陣迎戰。兩人見面就打了起來，趙大朋武藝不敵薛丁山，於是又祭起化血金鐘，但因為薛丁山頭戴太歲盔，金鐘停在空中落不下來。

薛丁山口念咒語，太歲盔瞬間射出萬道金光，刺得趙大朋睜不開眼，等到光芒消失，化血金鐘已跌落在地摔得粉碎。趙大朋寶物被破，驚慌失措，想要撤兵回關，卻被薛丁山一個箭步刺死在關前。

趙大朋一死，唐軍士氣大振，薛仁貴下令搶關。這時，突然吹起一陣怪風，一個身著白衣的長鬚道人乘風落在關前。原來趙大朋的師父朱頂仙知道徒兒被殺，從蓬萊山趕來報仇。他命令士兵打落滾木、石塊抵禦，薛仁貴一時攻不下青龍關，只好先收兵回營。

當晚朱頂仙在關前擺了烈焰陣，並設計如何將薛丁山引入陣中。隔天他指名要薛丁山出戰，薛丁山提起方天畫戟就和他打了起來。

開戰沒多久，朱頂仙藉故轉身退入陣裡，並向薛丁山大喊：「你不過是王敖的徒弟，有本事就進來破陣。」薛丁山一馬當先衝進陣裡，後方的薛仁貴判斷陣式險惡，命令竇一虎和秦漢帶三千兵馬跟著入陣。

朱頂仙站在陣中，揭開背上的紅葫蘆，一片火光急速衝出，轉眼陣內火舌四竄，烈焰衝天。入陣的三千士兵瞬間被燒成灰燼，竇一虎和秦漢雖藉土遁逃出，薛丁山卻因四周一片通紅分不清方向而被困在陣中。幸好他身穿朱雀袍，陣中火焰無法傷害到他。

竇一虎逃回營中，竇仙童、陳金定一聽薛丁山陷在陣裡，立刻嚷著要去搭救。

薛仁貴攔下她們：「這陣裡有妖法，妳們現在入陣也只是白白犧牲。梨花媳婦有移山倒海的法術，或許有破陣的妙方。不知程將軍是否願走一趟寒江關，請她前來破陣？」

程咬金回答：「我願意前往，只是恐怕她不會那麼輕易就答應。」一旁的薛夫人聽了，主動要求由她寫信，讓程咬金交給樊梨花，希望樊梨花能不計前嫌前來搭救薛丁山。

樊梨花早算出程咬金會來，身著道服，手持拂塵在大廳迎接。她看了薛夫人的信後，緩緩說：「夫人仍然視我為薛家的媳婦，我心中十分感激。」她刻意頓了頓後，自怨自艾的說：「當初只能怪我識人不清、命薄緣淺，一心要嫁給無情無義的薛丁山，如今我打算要在佛祖門下修行，暫時不再過問俗事，請將軍轉答我的心意。」

程咬金看樊梨花拐彎抹角的拒絕，但並未把話說死，於是苦苦勸說：「小姐和小將軍已經是夫妻，妳不念在夫妻之情，也該看在公婆的面子上走一趟青龍關，只要小姐救了小將軍，相信他會念在救命之恩而回心轉意的。」

樊梨花雖然再三推辭，但最後還是答應程咬金前往破陣。她到了青龍關，拜見過元帥和夫人後，便和薛金蓮、竇仙童與陳金定一起出營看陣。

樊梨花一身道服，騎馬繞著陣圖四周仔細走過一圈，對三位女將說：「這陣是周代流傳十絕陣中的第九陣，名叫烈焰陣，凡人進入此陣，就會被燒成灰燼，還好丁山是王敖老祖徒弟，有寶物護身，只是被困在陣中，不會傷其性命。但如果要破陣，需和元帥商量代掌帥印，以便調度軍隊，召請仙人破陣，還請各位

薛丁山征西

替我向元帥轉答。」

薛金蓮回答：「三嫂，這事包在我身上，我去和父帥說明，請嫂嫂安心破陣。等哥哥回來，一定會感念嫂嫂的恩情，和妳破鏡重圓的。」

樊梨花感嘆的搖搖頭：「破陣之事重要，我個人的事情也就罷了，多謝小姑心裡認我這個嫂嫂，可不知道妳哥哥的心裡怎麼想啊！」

回營之後，薛金蓮向元帥報告看陣的結果，薛仁貴說：「梨花媳婦果然見識不凡，知道這陣的來歷，既然她有辦法破陣，就依她的主張，交與帥印調度三軍，其他事等破陣告捷後再議。」

第二天樊梨花拜帥升帳，唐營各將在營前列陣，等候樊梨花吩咐軍令。樊梨花先交代秦漢、竇一虎：「你們能上天入地，我在你們手上各畫一道五雷符，你們分別到天上和地底等待，看到朱頂仙就用這五雷符轟他，不可讓他逃走。」兩人受命後先行離去。

樊梨花又派竇仙童、薛金蓮等人分別攜帶青龍旗、紅雲旗等寶物各自出發待命，她自己則張開黃龍旗來到陣前。

陣中烈焰翻天，難以靠近，樊梨花拿出梨山老母在她下山之前給的請仙錢，口念咒語，天邊便飄來一

朵紅雲，雲端站著一名穿著布衣道服的仙人，身背寶劍，長鬚飄逸。樊梨花向仙人一拜，問是何方神聖，原來是蓬萊山散仙謝應登。

只見謝應登解下背上的葫蘆，揭開水晶葫蘆蓋，葫蘆閃出一道白光，白光化為四條白龍，白龍張牙舞爪的衝上雲霄，雲霄瞬間集聚了北海之水，落下傾盆大雨，立刻把陣中烈火澆熄。

朱頂仙見烈焰陣被破，正要出陣，看見雲端站著謝應登，嚇得魂不附體，急急往東方逃竄，正好撞在青龍旗上，向西走又被陳金定的白虎旗攔下，往南逃遇上薛金蓮帶著紅雲旗擋住去路，向北走羅章早就拿黑星旗等著。

朱頂仙走投無路，想藉土遁逃走，沒想到竇一虎在地底轟出一聲雷響，逼著他張開翅膀往天上飛去，無奈秦漢早就等在天上，也發了一個掌心雷，把他打回地上。

秦漢提起狼牙棒正要追殺朱頂仙，謝應登卻說：「好姪孫，放了他吧！他是南極仙翁的座騎，只是看到徒弟遇害，所以私自下凡來，你別取他的性命！」

秦漢聞言很不高興，回答：「你是誰？我們素昧平生，你怎麼能叫我姪孫，占我便宜？」說完就抓著狼

薛丁山征西

牙棒打向謝應登。

「秦將軍不可無禮，謝大仙是特別來幫助我們破烈焰陣的。」樊梨花出言制止。

謝應登笑著說：「無妨，只是秦姪孫脾氣也太躁烈，我與你祖父秦叔寶是結拜兄弟，我叫你一聲姪孫是理所當然的吧！」秦漢知道錯怪了人，立刻向他賠了不是。

謝應登對樊梨花說：「此陣已破，妳去救妳丈夫吧！我把這畜牲帶回去還給南極仙翁。」他口念咒語，朱頂仙當場變回仙鶴的原形。謝應登站上仙鶴，向南天飛去。

唐營各將軍拜送謝應登大仙後，急忙進到陣裡查看，見到薛丁山像剛睡醒一般，搖搖晃晃的站在陣中，竇仙童和陳金定馬上衝上前攙扶。

薛金蓮說：「哥哥你沒事就好，多虧梨花嫂嫂趕來救你，你不要辜負了她！」

薛丁山只是上馬回營，妹妹的話仿如充耳不聞，也不正眼看樊梨花一眼。樊梨花雖然心中有數，

但還是忍著淚指揮大軍攻進青龍關，在關上升起大唐的軍旗。

當晚，薛仁貴告訴薛丁山：「樊梨花破陣救你，無論如何薛家欠她這分恩情，你快去為洞房花燭夜之事向她道歉，並且擇日重新拜堂完婚。」

薛丁山冷冷的說：「樊將軍既然歸順大唐，破陣是她分內之事，怎麼說是為了救我？我就算為國捐軀、戰死沙場也是我應得的，我是不會和她這不忠不孝的女人成婚的。」

薛仁貴說：「西涼國和大唐本是兄弟之邦，若不是蘇寶同作亂，也不至於兵戎相見，如今樊梨花認同大唐，起義來歸，你卻說她不忠，她好意救你，你卻如此無情，你給我回大牢去反省！」薛仁貴下令打他三十大板，再度把他關回牢裡。

而樊梨花聽到薛丁山的回答，傷心不已，不顧眾人的苦苦勸留，以母親需要照顧為由，告別眾人回寒江關去了。

第十一回 丁山三棄樊梨花

經過幾日休兵養馬之後，唐軍體力恢復了大半，薛仁貴再度下令大軍往西前進。眾人抵達朱雀關前，薛仁貴召來將官們商議軍情。

陳雲常年住在西域，較清楚附近的狀況，率先提出建議：「朱雀關的守將鄒來泰武功高強，他曾拜高人為師，有一件寶貝叫作傷靈塔，塔共七層，每一層住有兩隻火龍，聽說會口吐烈焰傷人，需要小心防備。」

羅章在一旁不以為意的說：「老將軍不必長他人志氣，我們才剛破了烈焰陣，區區火龍何必害怕？我願做先鋒去打鄒來泰。」

第二天，羅章帶了兵馬來到關前叫陣，一個紅面武將手執花月斧衝出關，正是鄒來泰。羅章一手家傳梅花槍挑、刺、劈、擺，打得鄒來泰應接吃力，從傷靈塔放出火龍反擊。羅章一下子亂了章法，四處躲竄。

薛仁貴派秦漢、竇一虎前去支援，鄒來泰口念咒語，增加了傷靈塔的威力。火龍飛舞四處傷人，秦漢、

竇一虎想不到破解之道，和羅章三人一起敗下陣來。

眼看鄒來泰的寶塔難纏，眾人一籌莫展，程咬金再度建議薛仁貴釋放薛丁山前來對付。薛仁貴原先不肯答應，因為薛丁山三番兩次挑戰他的底線，讓他忍無可忍。但戰況危急，其他將領又提不出更好的辦法，他只好再給薛丁山一次機會。

隔天，薛丁山帶了人馬出戰。鄒來泰使出傷靈塔的同時，薛丁山也射出穿雲箭。結果傷靈塔中的火龍還沒有被放出來，就已經粉碎在地。鄒來泰大吃一驚，當場愣住，被薛丁山一戟刺穿胸膛。

唐軍正要搶關的時候，雲端突然傳出聲音：「薛丁山你休想進關，先吃我一鞭再說。」薛丁山抬頭，一個道人長相兇惡，面紅如血、眼如銅鈴，留著長鬚，頭上挽了髮髻，身穿道服，手持雙鞭迎面而來。

「何方妖道，還不報上名來！」薛丁山正面接招。

「我乃扭頭祖師，我們同是修道之人，你為何殺了我的徒弟？」

扭頭祖師祭起了雙鞭，薛丁山試著阻擋，但兩條鞭子就像兩條蛟龍一般直撲而來，讓他難以招架，敗退回營。

扭頭祖師收兵入關之後，擺下一個陣圖，並且命令番兵準備一缸清水，當晚就裸身睡在缸中，番兵們暗自覺得奇怪，卻不敢多問。

隔天，薛仁貴帶領將士們看陣，只覺得陣中險惡，卻看不出個門道。

「薛仁貴，聽說你跨海東征名滿天下，如果你能破我的陣，我就勸西涼國國王歸順大唐，但如果你破不了陣，那就等著人頭落地吧！哈哈哈──」陣中傳出扭頭祖師的嘲笑聲。

薛仁貴怒火中燒：「大膽妖道，竟敢口出狂言。你們誰願意出去教訓他？」薛丁山躍上馬背，帶著秦漢和竇一虎衝入陣中。

三人圍著扭頭祖師進攻，扭頭祖師連忙念咒，揭開葫蘆倒出滔滔洪水，大水一下子就將三人淹沒，秦漢和竇一虎情急之下藉著土遁逃出，薛丁山則陷在水中生死未卜。

唐營中，竇仙童和陳金定收到消息急得哭了出來，跪求薛仁貴找樊梨花來幫忙。薛仁貴束手無策，只好

薛丁山征西

拜託程咬金再走一趟寒江關。

程咬金一路上心想：「上回請樊梨花破烈焰陣，她的態度就已經推三阻四，如今要她答應更是難上加難……」於是他想了一個計策。

一切正如程咬金所料，當他抵達寒江關，樊梨花就避不見面。程咬金雖吃了閉門羹，但並沒有馬上離開，而是熱絡的和樊夫人應酬聊天。

「樊小姐離開後，元帥和夫人日夜勸說，動之以情，小將軍十分懊悔，所以特地叫老夫來請樊小姐回去完成婚事。」樊夫人聽了很高興，轉告樊梨花這個消息。

「薛丁山那薄情無信之人，怎麼可能回心轉意，算算時日，唐軍應該走到了朱雀關，依我看八成又有妖道擋路，程將軍是要騙我去破關解危的吧！」樊梨花從門後走出，冷冷的回應。

程咬金苦苦相勸：「小姐也知道我這個人絕不說謊的，這次妳和我回去，一定能和丁山結為連理。如果這次他再拒絕，我以後也沒有臉再來打擾了。」

程咬金的一番話讓樊梨花半信半疑，但她看程咬金眼神篤定，態度誠懇，真的不像在說謊，決定再信他一次。她要程咬金先回去，自己則收拾好行李，換

薛丁山征西

下道服，改穿戎裝上路。

途中，樊梨花抬頭看見一列雁子飛過，內心暗想：「若此行真能和薛丁山成親，我這一箭就能射下帶頭的那隻雁子。」接著挽弓射箭，果然射中，心情開朗了許多，於是改走捷徑趕到朱雀關。

行經玉翠山時，一個孔武有力的少年帶了一隊強盜擋下樊梨花的去路：「我是薛應龍，沒留下買路財，休想經過這座山！」

樊梨花看他年紀輕輕，卻逞兇鬥狠，不務正業，不由得破口大罵：「你小小年紀不學好，居然在這兒做強盜，難道都沒人管教你嗎？那我就代替你娘來管管你。」

「哼！等妳見識過我的厲害再來說大話吧。」薛應龍語帶不屑，「如果妳贏得了我，我就叫妳一聲娘，如果妳輸了，就給我做老婆吧！」

樊梨花也不答話，雙刀直接招呼上去。薛應龍雖然有些本領，但比起武藝高強又身經百戰的樊梨花，功力簡直是天差地遠，不一會兒就被抓住了，他只好依約向樊梨花磕頭，叫了聲娘。樊梨花問他願不願意隨唐營討伐西涼國，薛應龍一口答應。

　　由於樊梨花走的是捷徑，節省了一天時間，她到朱雀關時，程咬金還沒有回來，薛仁貴和薛夫人見到她又驚又喜，親自出來迎接。樊梨花向眾人介紹薛應龍，大家都很高興又多了一個幫手。

　　談話間，樊梨花問起和薛丁山成親之事。薛金蓮一臉驚訝的說：「難道嫂嫂不知道哥哥正陷在陣中嗎？」

　　樊梨花一聽到這消息，滿心的期待又落空，一時之間竟然無法言語。

　　薛仁貴看到樊梨花臉色有異，知道事有蹊蹺，便說：「媳婦兒，是公公、婆婆對不起妳，沒管好這不肖子，讓妳委屈了。只是現在他身陷陣中，生死未卜，如果妳能救他出陣，我們做長輩的一定替妳作主，讓他心甘情願和妳完婚。」

　　「承蒙公公、婆婆對媳婦情深義重，媳婦感念在

心……先不說成親之事，一切等我救他出來再說吧！」樊梨花聽完薛仁貴的話，不禁心軟，畢竟對不起她的人是薛丁山，她沒有必要遷怒其他人。

　　樊梨花帶著薛金蓮、竇仙童和陳金定到了陣頭上，見陣內洪水滔滔，氣定神閒的說：「這個陣叫洪水陣，這水是北海之水，凡人進陣性命難保，還好丁山身穿天王甲，應該可以擋上一段時日，暫時沒有性命危險。這陣並不難解，我們先回去做些準備，明日再來破陣。」

　　第二天，樊梨花要三個女將帶兵殺入陣中，引扭頭祖師出陣，接著派秦漢、竇一虎打東西二門，並在他們手心畫上五雷符。最後再給薛應龍一張水晶圖，吩咐他遇到洪水就將圖掛出。

　　三位女將來到陣前，發現洪水滔天難以入陣，就在陣外放話挑釁。扭頭祖師想抓三人回營，卻打不過她們，於是揭開另一個葫蘆蓋，飛出無數火鴉，三位女將見目的已經達成，沒有必要與他糾纏，假裝敗戰逃走。

　　扭頭祖師轉身正要隱入陣裡，薛應龍帶兵追了上去，沒想到一進入陣中，四面八方的洪水便將軍隊沖散，眼看眾人即將被洪水滅頂，薛應龍立刻展開水晶

圖，滔天巨浪竟然一下子全被吸進圖裡，消失得無影無蹤。

就在這時，樊梨花帶了一隊人馬殺進陣裡，將扭頭祖師準備放出的火鴉打落在地。扭頭祖師正想逃跑，秦漢和竇一虎又從東西兩門夾擊，讓他無路可退。

樊梨花祭起打仙鞭將扭頭祖師打倒在地，扭頭祖師現出原形，原來是一條龍。他一扭身往地底鑽去，竇一虎掄起黃金棍追打，把他逼出地面，被樊梨花一刀砍成了兩半。番兵見主帥死了，紛紛四下逃竄。

乾掉的洪水陣裡，薛丁山昏睡不醒，樊梨花燒化五雷符，四周瞬間響起震耳欲聾的雷聲，在場眾人紛紛將耳朵摀起。

薛丁山緩緩睜開雙眼，看到大水已退，眾人和樊梨花都站在身旁，馬上理解樊梨花又救了自己一命。

唐軍進駐朱雀關，薛仁貴稱讚樊梨花：「多虧媳婦見多識廣，法力高強，才能斬那妖龍，使大軍順利進關。」

他轉頭對薛丁山說：「你這逆子，要不是媳婦救你，你今天不曉得還要被困在水中多久，快過來磕頭道謝，盡棄前嫌，從此夫妻好合。」

薛丁山賭氣動也不動，也不願意開口。薛金蓮看場面僵著不是辦法，上前把薛丁山拉到樊梨花面前說：「嫂嫂，哥哥這就向妳賠不是，謝謝妳的救命之恩，請嫂嫂大人大量，過去就不要計較了。」竇仙童和陳金定也跟著附和勸說。薛丁山看情勢如此，沒有理由再拒絕，為了順從父母的心意，只好勉強向樊梨花跪下磕頭。

樊梨花見了這個場面，也跟著慌張跪下，說：「你們的一片厚愛，梨花怎麼承受得起。」

「今天除了大破洪水陣，丁山和梨花破鏡重圓外，媳婦還有一個好消息……」陳金定上前扶起樊梨花，「仙童和我都已經有了身孕。」

「我要做爺爺了，這真是雙喜臨門啊！」薛仁貴高興得合不攏嘴，立刻決定當晚重辦兩人的婚禮，一時帥府上下一片喜樂。

程咬金這時回到朱雀關，看洪水陣已破，薛丁山和樊梨花兩人成婚有望，不禁感嘆：「丁山回心轉意，不枉我這個媒人幾番奔走，千方百計請妳來破關啊！」

當晚花燭齊備，樊梨花身披紅袍，頭戴鳳冠進了禮堂，先拜公婆、夫妻交拜。禮成之時，薛應龍滿臉笑意的上前拜見，叫了薛丁山一聲爹爹。

薛丁山看他身強體健，年紀不過小自己幾歲，不明白他為什麼要這樣稱呼自己，便問：「你這小子是打哪來的，為什麼叫我爹爹？」

「新娘子是我娘，我自然叫你一聲爹爹。」薛應龍把玉翠山認母的事說了一遍。

沒想到薛丁山聽了之後，眉頭一皺，對著薛應龍大罵：「你這野雜種休想當我兒子，再叫我爹我就殺了你！」

接著沒好氣的對樊梨花說：「妳這不知羞恥的女人，當時在寒江關看到我便想與我成親，如今遇到這小子，又與他有瓜葛，我看你們母子是假，夫妻是實，竟然還敢把他公然帶進薛家來，我沒有妳這種不守婦道的妻子，既然我們還沒同房，不如休了妳，讓妳快活去。」

樊梨花聽到薛丁山這麼羞辱她，氣得暈了過去，竇仙童和陳金定扶著她進房休息。

薛仁貴則怒罵薛丁山：「媳婦到底是哪裡對不起你，讓你這樣三番兩次的羞辱她？我要你這不分是非的逆子做什麼？來人啊！把他抓去砍了吧！」薛夫人在一旁流淚苦勸，但薛仁貴心意已決，叫人立刻把薛丁山拉去刑場。

程咬金看情況不對，連忙出面：「丁山是薛家唯一的男丁，也是大唐的征西大將，如果元帥非要殺他，我就當場撞死一起陪葬。」

　　「將軍何必為了他如此委屈。」薛仁貴氣得直搖頭，「唉——看在將軍的面子上，我暫時不殺他，但死罪可免，活罪難逃！」薛丁山又被打四十大板，押進大牢。

　　而薛應龍莫名被罵，內心氣不過，連夜帶著自己的手下不告而別，回到玉翠山去了。

　　樊梨花醒來後放聲大哭，直說要當場撞死以表清白，薛金蓮連忙把她攔了下來。薛夫人和其他人好聲勸說，幫著樊梨花罵薛丁山，但樊梨花已經心灰意冷，暗自在心裡作了決定。半夜，她收拾好行李，連夜趕回寒江關。

　　「這次，不管是誰來勸，我再也不願回到這裡了。」她在心裡這麼想著。

第十二回 秦寶喜娶美嬌娘

　　隔天一早，薛家眾人發現樊梨花已經離開，紛紛嘆息。原本郎才女貌的美好姻緣，卻因為薛丁山莫名的堅持，一直無法圓滿完成。

　　「唉，算了。現在征西的任務還沒結束，當務之急是要盡快擬定下一步策略，其他事顧不了那麼多了。」薛仁貴一邊拿起戰略圖，一邊想著。

　　唐軍繼續西進到達玄武關，玄武關總兵刁應詳手持降魔杵殺出關外，羅章拍馬上前攔住刁應詳的攻勢。兩人展開大戰，羅章技高一籌，一槍刺中刁應詳左肩，刁應詳連忙逃回關裡。

　　羅章正要追進去，關裡突然衝出一名女將護住刁應詳。

　　「爹，你先走！」那女將輪廓深邃，一雙大眼睛顧盼生姿，是個美人胚子。

　　「來者何人？」羅章勒馬疾停。

　　「刁月娥。」她大喝一聲「看刀」，嬌媚中帶著英

氣，身手頗為俐落，和羅章打了起來。

羅章耍起梅花槍在刁月娥身邊遊走，心裡還在想要如何出招，刁月娥已解下胸口的金鈴朝著羅章一搖，接著羅章便不由自主的墜下馬。

後頭的竇一虎立刻上前攻擊刁月娥要害，讓一旁的士兵有時間將羅章搶救回營。此時刁月娥再度搖起金鈴，竇一虎一個失神，竟被她細進關裡。

被抓進關裡的竇一虎回神醒來，聽到刁應詳正下令處斬自己，趕緊扭身鑽下地底逃回唐營。

刁應詳目睹一切，嚇了一大跳，說：「看來唐軍裡有不少能人異士，難怪能一路打到玄武關來，我們要小心防範才是。」

另一方面，羅章雖被救回唐營，卻全身癱軟像是死了一般，而竇一虎又被抓走，讓薛仁貴十分著急。幸好不久後羅章就回魂轉醒，竇一虎也回到營中。

秦漢心想：「我曾聽師父說過，金刀聖母有一個攝魂鈴，對人搖動便會收走人的魂魄，莫非那個金鈴便是攝魂鈴？」

第二天刁月娥又來討戰，秦漢自願出陣。秦漢一見刁月娥，覺得她那雙

大眼睛彷彿能看透自己的心事一般，不自覺為她神魂顛倒，於是對她表白：「美人兒，我秦漢喜歡妳，對妳一見鍾情，不如投降大唐跟我成親吧！」

秦漢無禮的話讓刁月娥一肚子火，她破口大罵：「你這矮子，真是癩蛤蟆想吃天鵝肉，看我宰了你。」

沒想到秦漢見她生氣的樣子，更是心神蕩漾，一不留意便中了攝魂鈴，被活捉進關。

刁應詳怕他像竇一虎一樣從地下逃走，於是把他騰空架著，沒想到秦漢回過神後戴起鑽天帽，竟從天上跑了。一連抓到兩個敵將，一個入地逃走，一個飛天消失，讓刁家父女又驚又氣。

「報告元帥，我……我發現……」秦漢跑回唐營，不顧自己氣喘吁吁，立刻稟報他已確認金鈴便是攝魂鈴的消息，提醒眾人小心應付。

程咬金靈光一現，提議：「既然秦漢和竇一虎會鑽天入地，神出鬼沒，不如今晚派他們兩個去偷出攝魂鈴，一切問題就迎刃而解了。」薛仁貴同意他的看法，

要兩人趕緊準備。

　　傍晚，秦漢一邊飛進關裡等待機會，一邊想著晚上要到刁月娥房裡，找機會一親芳澤。

　　這時，刁家父女正在庭院商量怎麼對付唐軍，突然刮起一陣大風，刁月娥屈指一算，低聲說：「爹爹，今晚需要小心防備，怕有刺客。」

　　她看了看四周，突然提高音量說：「不過，我的攝魂鈴是對付唐軍的寶貝，總是掛在女兒房內的床頭，十分安全，請父親放心。」

　　竇一虎在地下躲著，聽到攝魂鈴掛在床頭，十分高興，連忙移動到刁月娥房間底下等著。

　　夜終於深了，竇一虎悄悄從刁月娥房內探出頭來，見房內空無一人，心想大概是怕有刺客，所以刁月娥沒有回房就寢。竇一虎走近床帳，果然見到床頭繫著一個攝魂鈴，一腳蹬上床鋪解鈴。

　　正在解鈴的同時，秦漢也來到房門口，竇一虎看他進來，便想逗他一逗，於是翻身躺在床上裝睡。秦漢看床上有人，以為是刁月娥，內心雀躍不已，躡手躡腳的上了床，一把抱住竇一虎。

　　「美人兒，為什麼妳抱起來似乎胖了一點？」

　　「因為晚上吃多了啊。」

薛丁山征西

「為什麼妳的聲音聽起來這麼奇怪？」

「因為天冷有點著涼了呀。」

「不怕，有我在呢！」秦漢輕輕將床上的人轉過身，發現竟然是竇一虎，又驚又羞，一不小心就從床上跌了下去，摔得鼻青臉腫，後來被竇一虎一路笑回唐營。

天亮後，刁月娥點名兩個矮子出戰。秦漢和竇一虎喜孜孜的出陣放話：「小姐，快拿出妳的攝魂鈴來勾走我的魂吧！」

沒想到刁月娥拿出了真的攝魂鈴，嚇得兩人趕快逃回營中，這才知道昨天偷到假貨，白忙了一場。

兩人正愁要如何和薛仁貴交代，秦漢突然靈機一動，走入帥營回報偷錯鈴的事，並說：「既然我師父曾經提起此鈴，不如回去問師父可有解決的辦法。」

薛仁貴摸摸鬍子，評估戰況後下令：「好！目前戰況緊急，務必三日內趕回。」秦漢領命後隨即戴上鑽天帽離去。

竇一虎聽說秦漢要去找王禪老祖，也追了出去，原來他心中一直藏著一件心事，想叫秦漢順便幫他請教師父。

自從在棋盤山上時，他就對薛金蓮一見傾心，長

久相處下來，他發現薛金蓮不僅外表清麗，武藝高強，個性更是坦率豪爽，於是對她的好感與日俱增。之前薛仁貴好不容易同意考慮他和薛金蓮成婚的事，沒想到自己最後不僅行動失敗，還落入敵人陷阱中。從此他自覺無顏再提起婚事，愁得不知如何是好。

「師弟，等等我！」竇一虎攔下秦漢，這時一個鶴髮童顏的老翁正好經過，兩人一問之下知道他是月下老人，著急詢問自己的姻緣。

月下老人翻了翻姻緣簿後嘴角一勾，神祕的笑了笑，說：「你們的姻緣早安排好了，快去找你們的師父吧！」兩人歡天喜地的趕到了雙龍山。

「你們是為了玄武關攝魂鈴的事來的吧！」王禪老祖還沒看到兩人身影便率先出聲。

「師父果然料事如神，不過除了攝魂鈴的事，還有其他事想請師父作主。」秦漢紅著臉回答。

王禪老祖笑著說：「刁月娥和你有前緣，不過等一下我們得走一趟竹隱山，求她師父金刀聖母替你們完婚。」說完轉身看向竇一虎，「至於你的事嘛……上天自有安排，不必心

急。」

「多謝師父。」兩人齊聲道謝。

三人一同來到竹隱山，金刀聖母親自迎接：「什麼風把道友請來了？」

王禪老祖說：「貧道無事不敢勞煩道友，您的徒兒刁月娥用攝魂鈴把薛仁貴擋在玄武關前，這次來正是想請您把攝魂鈴收回。此外，因為我的徒弟秦漢和她姻緣天定，所以也想替他們兩人說個媒。」他叫秦漢上前拜見金刀聖母。

金刀聖母看秦漢個頭矮小，怕刁月娥不願意接受，搖著頭說：「收回攝魂鈴簡單，要月娥接受秦漢，恐怕沒那麼容易。」

這時仙童稟報有一位三眼道人求見。原來月下老人知道雖然姻緣天定，但竇一虎和秦漢個頭矮小，薛金蓮和刁月娥恐怕不會輕易答應，於是派使者帶變俏符前來幫忙。

一下子解決兩個難題，王禪老祖和金刀聖母很高興，連連向使者拜謝。不久，王禪老祖因有要事在身，將兩個徒弟託給金刀聖母後便先行離去。

金刀聖母來到玄武關，刁家父女跪拜迎接，兩人一抬頭，看見金刀聖母身邊竟然站著秦漢和竇一虎，

不禁大驚失色，刁應詳甚至跳了起來，準備拿武器。

「刁總兵稍安勿躁。」金刀聖母不慌不忙的解釋：「唐將秦漢與月娥有姻緣，我這次正是為了他們的婚事而來。他是王禪老祖的徒弟，也是大唐駙馬秦懷玉的長子。你若將女兒許配給他，並且投靠大唐，將來必定封侯進爵。」

這時秦漢用了變俏符，整個人看起來精神抖擻、英挺瀟灑，刁月娥看了滿心歡喜。刁應詳一向最疼女兒，只要刁月娥喜歡，他也就沒有意見。如今刁月娥雙頰泛紅，刁應詳大概猜到了她的心意，而且金刀聖母對刁家恩重如山，刁應詳沒有不答應的理由，便要秦漢回唐營報告薛仁貴，備齊花燭準備完婚。

秦漢和竇一虎興奮的回到唐營，見到薛金蓮的師父桃花聖母正和薛仁貴商議事情，連忙整裝拜見。

「竇一虎和金蓮姻緣天定，如今正是團圓之日。」像是事先約定好似的，桃花聖母也是為了婚事而來。

一旁的薛金蓮見到用了變俏符的竇一虎，似乎不再那麼粗率魯莽，而且經過長時間的相處，也覺得竇

一虎是個可靠之人。

　　竇一虎發現薛金蓮正注視著自己，笑著回應一個溫暖的眼神。兩人四目交接，薛金蓮害羞得低下頭。

　　薛仁貴將兩人的反應看在眼裡，腦中浮現當初竇一虎自信滿滿說要對付飛鈸禪師的情景，雖然他最後沒有成功，但他幾次為大唐出生入死，早讓薛仁貴對他刮目相看。

　　「或許冥冥之中真的有什麼力量要讓他們走到一起吧。」薛仁貴在心裡想著。過沒多久，他便答應了婚事。

　　當晚兩對新人洞房花燭，玄武關裡充滿了熱鬧的氣息，也為因長年征戰而情緒緊繃的唐軍，注入一股新的活力。

一第十三回 薛仁貴中箭歸天

　　算算時日，征西已經過了六年，還有近一半的關卡等著唐軍。因此薛仁貴並沒有在玄武關停留太久，便又下令往白虎關前進。

　　白虎關守將楊藩一聽到唐軍到來，樊梨花歸順大唐、另結新歡的仇恨立刻浮上心頭，他恨不得馬上將薛丁山碎屍萬段，於是披掛上陣前去討戰。

　　楊藩身高八尺，體型魁梧，方頭大耳，麻臉闊嘴，顴骨高聳，眼若銅鈴，長相十分兇惡，是西涼國有名的大將。他的拿手武器金棋子神出鬼沒，出手速度之快，讓對手經常還沒搞清楚狀況便已受傷。

　　接連幾個大將都被金棋子打得鼻青臉腫，讓薛仁貴決定親自出陣應戰。

　　楊藩惡狠狠的對著薛仁貴大喊：「你兒子奪我未婚妻樊梨花，還殺了樊洪父子，我今天正好替他們報仇。」

　　薛仁貴二話不說提起方天畫戟就殺了過去，楊藩

兩指一夾，發出金棋子打向薛仁貴。薛仁貴來不及反應，以為自己就要中招，沒想到他的頭頂突然出現一隻白額吊睛虎，把金棋子一把抓下。原來薛仁貴是白虎星轉世，這幾日白虎星勢力正旺，所以神虎現身保護薛仁貴，金棋子無法傷他。

楊藩打不過他，一時慌了手腳，口念咒語，面露獠牙，張開三頭六臂，揮舞大刀砍了過來。薛仁貴搭箭射他，正中楊藩左肩，楊藩大敗逃進關裡。

楊藩收兵之後十分不甘心，當晚登上觀星臺看星象，看到白虎星高照，轉念一想：「此地是白虎關，附近又有白虎山，正好和薛仁貴本命相剋，不如明天詐敗誘他上山，再撒豆成兵取他性命。」

第二天，薛仁貴擺出長蛇陣，誘楊藩入陣，楊藩提著雙刀和薛仁貴打了起來，薛仁貴橫戟一指，啟動陣式，調動兵馬，長蛇陣的尾部收攏，把楊藩圍在中間，楊藩喊了一聲「不妙」便向羅章衝去。

羅章一槍刺向楊藩，險些刺中他。楊藩一個轉身打出金棋子，落在羅章的面門上，趁空檔殺出

重圍、落荒而逃。

薛仁貴帶著兵馬追趕，程咬金連忙勸阻：「元帥，正所謂窮寇莫追，楊藩已走投無路，若是逼得太緊，他恐怕會和我們拚命，到時就不一定打得過他了。」

「程將軍多慮了。此刻他被長蛇陣困住，僥倖逃走，正是捉他的好時機。」薛仁貴策馬往山裡追去。

白虎山上，茂密的樹林遮住了日光，周圍一片寂靜，氣氛極不尋常。薛仁貴四處找不到楊藩，正打算退兵，山頂卻傳來一陣宏亮的笑聲。

「哈哈哈……沒想到戰功彪炳的薛大元帥，竟然這麼容易中計。」楊藩揭開葫蘆撒下紅豆，四下突然冒出無數青面獠牙的鬼兵，把薛仁貴團團圍住，隔開其他唐軍。

「你用妖術擾亂我軍，不要逃！」薛仁貴向鬼兵衝殺，但鬼兵數量實在太多，逼得他不斷往山裡退，來到一座山神廟前。他瞥見門上寫著白虎山神之廟，連忙躲進廟裡。四周鬼兵環伺在外，不敢進入廟門。

此時天色漸晚，薛仁貴仰天長嘆，向山神焚香禱告：「我薛仁貴征戰無數，沒想到竟被困在這裡，請山神庇佑，明日一早殺出重圍。」

夜幕低垂，程咬金看竇一虎帶兵回營，卻不見薛

仁貴下山，心裡出現不好的預感，一會兒果真聽到竇一虎回報山上交戰的情形。

程咬金立刻和其他人商量對策，薛金蓮建議把薛丁山放出來搭救薛仁貴。

同一時間，朱雀關大牢裡的薛丁山回想起征西的這段日子，身在大牢的時間，竟然比在沙場征戰的時候多，不自覺長長的嘆了一口氣。他本想趁父子重逢盡人子之孝，但卻因故而針鋒相對，不禁埋怨起薛仁貴過於偏袒樊梨花。

薛丁山心思正混亂的時候，抬頭竟然看見秦漢夜訪大牢，猜測前線可能又有什麼棘手的戰況，於是冷冷的說：「秦將軍深夜來訪，莫非前線又有危難？如果真是如此，請秦將軍直接去請神通廣大的樊梨花出陣，我無能為力。」

秦漢焦急的說：「前線的確出了事，但這次狀況不同以往，元帥追鬼兵上山，入夜後音訊全無，眾人擔心元帥安危，因此前來請將軍回去坐陣，指揮大軍搭救元帥。」

薛丁山聽到父親被困生死未卜的消息，心急如焚，對自己剛才的冷嘲熱諷感到十分愧疚。他立刻動身趕到白虎關，天還未亮便披掛上陣，指揮大軍向白虎山

薛丁山征西

進兵。

此時在白虎山下，羅章正和楊藩作戰，薛丁山拍馬衝入陣中。

楊藩看到薛丁山，劈頭大罵：「你奪我未婚妻，看我不把你碎屍萬段。」

「快說，你把我父帥抓到哪兒去了。」薛丁山急著追問。

楊藩咧著血盆大口，笑著說：「他被困在白虎山上，有本事就自己殺上山去救他吧！」

薛丁山提起方天畫戟殺向楊藩。楊藩打不過薛丁山，發出金棋子攻擊。薛丁山身著天王甲，金棋子不能近身，全都掉落在地。楊藩正想展出三頭六臂，卻被薛丁山的玄武鞭打中後背，口吐鮮血逃走。

唐軍殺上白虎山，沒想到白虎山上的鬼兵愈殺愈多，鬼兵更從山上推下大石塊，讓他們難以上山。危急時刻，薛丁山想起王敖老祖曾教過破解撒豆成兵的方法，於是拿出一道符，用符水灑向鬼兵，鬼兵果然消失無蹤。

薛丁山率領大軍來到山神廟前，一頭白虎突然從廟裡衝出來，薛丁山搭起穿雲箭正中白虎額心，那白虎大叫一聲轉回廟裡。眾人跟進廟裡，發現倒臥在山

神廟中的不是白虎，而是薛仁貴。

原來被困在山神廟裡的薛仁貴，因為又累又餓，身心俱疲，昏昏沉沉的在廟中睡著了。睡夢中，他化身成一隻白額吊睛虎，飢餓難耐想出廟門覓食，一出廟門正好遇見薛丁山帶兵前來。

薛丁山看到父親竟然死在自己的箭下，不禁雙膝癱軟跪在他的身旁，抱著屍體放聲大哭。消息傳回營中，薛夫人和薛金蓮因為悲傷過度都昏了過去，過了好一陣子才清醒。

眾人趕到白虎廟，程咬金搖著頭說：「元帥意外遭到丁山射殺，如果皇上知道了，這罪名可不輕啊！」

薛丁山哭著說：「我一心趕來想救父帥，沒想到父帥卻因我而死，事已至此，我已無顏面再指揮三軍，請程將軍回去稟告皇上，看皇上如何發落。」

正當眾人陷入一片愁雲慘霧的情緒之中，王敖老祖來到白虎廟前，對薛丁山說：「徒兒不要過度傷心，這一切都是天意。你父親本是白虎星轉世，此關是白虎關，山是白虎山，廟是白虎廟，元帥沖煞理當命絕於此。況且當年你父親想救你卻誤殺了你，如今你想射虎救父，反而誤殺了他，也是報應因果，怪不得你。只是弒父罪名太大，天理難容，我得收回給你的十件

薛丁山征西

寶物贖罪，才能稍微減輕你弒父之罪。」薛丁山交還了十件寶物，王敖老祖乘雲離去。

薛仁貴的遺體移回唐營，程咬金也向眾人拜別，準備趕回長安向唐太宗稟報薛仁貴去世的消息。

楊藩回到白虎關後，靜養了幾天，發現唐營沒有任何動靜，於是派人去探聽消息。探子回報唐營之中，人人穿著孝服，楊藩夜觀星象，發現白虎星移位，推算到薛仁貴死了，內心十分得意：「果然不出我所料。」但他受的傷還沒痊癒，最厲害的招數又接連被薛丁山破解，所以就先按兵不動。

幾天後，楊藩的師父黑臉道人到訪，楊藩求黑臉道人教自己對付唐營的法術，於是黑臉道人便傳授他練就飛龍鏢的方法。

半個月後，在長安的唐太宗做了一個怪夢，他被帶出皇宮，來到一處雲霞圍繞的宮殿裡。突然有聲音說左相星、右相星和白虎星朝見，接著魏徵、徐茂公和薛仁貴便出現一同拜見。

唐太宗問薛仁貴：「元帥不是在西涼國征戰嗎？怎會在此？」

薛仁貴回答：「臣被困在白虎山，難逃天命，不能為陛下平定西涼國，請陛下恕罪。」

唐太宗聽到難逃天命四字，突然從夢中驚醒。次日早朝，朝臣報告左丞相魏徵、右丞相徐茂公前夜病逝。同一天，程咬金回到長安，又傳回薛丁山在白虎山誤殺薛仁貴的消息。唐太宗心中一驚，回到房中心神不寧，當晚就駕崩了。

　　唐太宗駕崩後，唐高宗李治登基為皇帝。由於西涼國戰事進行多年，耗費無數國家資源，對大唐國力產生極大影響，唐高宗放心不下，決定御駕親征，命令太子監國，徐茂公之子徐梁為軍師，程咬金為前導，一路出了玉門關。

　　此時人在寒江關的樊梨花得到唐高宗御駕親征的消息，決定攔下聖駕告御狀，好好懲罰對她無情無義的薛丁山。

　　唐高宗的部隊浩浩蕩蕩的來到寒江關，樊梨花一身民女打扮，搶在部隊之前跪下叫屈，並把事先寫好的狀紙呈給唐高宗，告薛丁山弒父、休妻兩大罪狀。唐高宗看了狀紙，覺得寫狀紙的人很有才氣，便問程咬金：「樊梨花是誰？到底發生了什麼事？」

程咬金說：「御前攔駕的民女名叫樊梨花，不但是個才女還是個將才，用兵如神、法力高強。她原本是寒江關守將的女兒，當年薛仁貴攻打寒江關時，由老臣做媒許配給薛丁山，歸順我大唐，之後還多次為唐軍破陣，立下汗馬功勞，但是薛丁山卻如狀紙所述，因細故休棄她三次，請皇上明察。」

唐高宗召樊梨花問話，發現樊梨花不只本領高強，談吐不俗，還是個閉月羞花的美女，卻受到如此對待，不禁同情起她的境遇，答應要幫她好好懲罰薛丁山。

唐高宗離開寒江關之後，樊夫人告訴樊梨花：「皇上知道妳的冤屈，答應幫妳懲罰薛丁山，程老將軍也替妳說話，這回薛丁山一定會親自來向妳賠罪，你們夫妻總算可以團圓了。」

樊梨花卻恨恨的說：「娘，他三次休棄我、羞辱我，叫我怎麼忍得下這口氣？我一定要報他三次仇，挫挫他的銳氣，讓他心服口服，也才能稍微消除我曾經受到的委屈。」樊夫人本想再勸，但知道女兒的脾氣，也就只有任由她去了。

薛丁山征西

一第十四回 梨花三難薛丁山

正午時分，烈日當空，大地蒸騰。唐高宗到達白虎關前，眾將迎接聖駕，並報告薛仁貴在白虎山被射死的細節。

唐高宗下令：「把薛丁山綁赴法場斬首，今日下午就行刑。」說完大袖一揮，頭也不回的走進帥營。

竇仙童和陳金定哭著和薛丁山話別，薛丁山安慰她們：「大錯已經鑄成，弒父的罪過實在太深重，我早就準備好這一天的到來，夫人們不要難過，好好的孝順婆婆，報效國家。」夫人們聽到這些話又忍不住傷悲，哭成一團。

行刑時間一到，法場上充滿悲傷的氛圍，薛丁山雙眼一閉跪在臺上，劊子手大刀一起，正要落下，程咬金趕到法場宣讀聖旨。

「皇上有旨，將薛丁山貶為庶民，不准騎馬，步行至寒江關請樊梨花來白虎關，即可赦免死罪。」薛丁山領旨謝恩，薛家人見他免於一死，感動得抱在一

起，喜極而泣。

　　原來在唐高宗走入帥營時，程咬金追入帳中稟告：
「如今西番未平，不宜陣前斬將，若斬了薛丁山，蘇
寶同一定會領兵再犯。」見唐高宗沒反應，程咬金繼
續說：「寒江關的樊梨花有移山倒海、撒豆成兵之術，
能力足以接下薛元帥的帥印。如果皇上想要平定西涼
國，一定要重用樊梨花，她與薛丁山曾有夫妻之義，
不如讓薛丁山去拜請樊梨花前來白虎關掛帥征西，以
此將功折罪。」

　　唐高宗覺得有理，於是下詔封樊梨花為威寧侯大
將軍，免除薛丁山死罪。

　　薛丁山回到營帳，家人們都很高興，唯獨他悶悶
不樂。他原先已決心赴死，因為如此一來他的愧疚感
便能獲得救贖，現在皇上下旨要他去寒江關請樊梨花，
反而讓他心情難以調適。除了低落的情緒需要處理，
還有他根本拉不下臉面對樊梨花，也不知樊梨花會不
會原諒他，答應前來白虎關。

　　寶仙童看出薛丁山的為難，於是柔聲勸他：「當初
你曾百般羞辱樊梨花，傷了她的心。如今就算是還她
一個公道吧！樊梨花是識大體的女子，有皇上的詔令，
她會答應前來的。」

第二天一早，薛丁山一身布衣小帽出發前往寒江關。白虎關到寒江關之間路途遙遠，平時烈日熾熱，偶有暴雨傾盆。薛丁山走了十幾天才到達寒江關，眼看天色要暗了，他來到樊家門口請求進門。

守門的人看他這身裝扮，把他擋在門外：「站住！瞎了眼的奴才，這裡不是你這種小老百姓可以來的地方。」

「我是薛仁貴的兒子薛丁山，有事拜見樊夫人和樊小姐。」薛丁山拱手行禮。

不料守門的人卻向他唾了口口水，說：「誰不知薛將軍官拜二路元帥，何等威風啊，你這樣子別來騙人了，再不走我就要趕人了。」

薛丁山這才想起自己是布衣小帽裝扮，便說：「我是被皇上削去了官職，特地來請樊小姐上白虎關拜帥的。勞煩先生進去通報一聲，便知道真假。」

「我沒空理你是真是假，天晚了，要見我們家小姐，明天再來吧！」守門的人砰的一聲就關上了大門，留下一臉錯愕的薛丁山。其實皇上封侯的詔令早就到了寒江關，守門的人是樊梨花安排好要刁

難薛丁山的。

薛丁山沒法子，只好找個旅店借住一晚，他在旅店中打聽到樊梨花隔天會到校場練兵，決定親自到校場去找樊梨花。

第二天，樊梨花正在校場練兵，威風八面，一眼瞥見薛丁山穿著布衣小帽出現，便叫人把他抓到面前來問話。

薛丁山不肯下跪，卻被左右士兵押著跪下。

樊梨花說：「你這奸細，見到本侯還不跪下，在校場邊鬼鬼祟祟是要窺探軍情嗎？」

「男兒膝下有黃金，豈能隨便跪拜婦道人家？我奉聖旨前來請妳去白虎關拜帥，如今妳是翻臉無情不想認我嗎？」

「說什麼婦道人家，你堂堂七尺男兒，也不過是個忘恩負義的畜生。既然說是奉旨前來，那就把聖旨拿出來啊！」

薛丁山這才想到，此行是奉皇上口諭，根本沒有聖旨，自知理虧，不得不低聲下氣：「我雖然忘恩負義，但也請妳看父帥和娘對妳恩情不薄的分上，到白虎關奉詔掛帥吧。」

「沒有聖旨，怎麼能聽信你一面之辭，來人啊！

薛丁山征西

把這假傳聖旨的傢伙抓起來打一百皮鞭。」

　　樊梨花明白自己終究會和薛丁山結連理，但她就是不甘心，不甘心自己一片真心被踐踏在地。長久以來，她等的就是薛丁山一句誠心的道歉，所以她三番兩次前去救他，甚至奮不顧身攔下聖駕，沒想到薛丁山不但沒有悔意，還拿公婆來壓她，讓她心中壓抑已久的怒氣一瞬間爆發。

　　薛丁山被吊在旗臺上挨了五十皮鞭，暈死過去，樊梨花派人帶他去療傷，並且放話沒有皇上的詔書，休想讓她出兵前往白虎關，領旨拜帥。

　　薛丁山醒來後心裡暗自叫苦，請不動樊梨花，他無法回去覆旨。等到傷勢好轉的時候，他又上樊府好幾次，但樊梨花就是閉門不見。無計可施之下，他只好回去向皇上請罪。

　　回到白虎關前，薛丁山稟明樊梨花不願意領旨的原因。

　　唐高宗生氣的說：「要你去請樊梨花是給你機會將功折罪，如今請不動她，就把你就地正法，你還有什麼話說。」薛丁山一聽，當場楞在原地。

　　這時徐梁稟奏：「薛丁山依法

該斬，但念他曾有功於朝廷，而且也是一個難得的人才，不如讓他七步一拜，拜到寒江關求樊小姐出兵。」

薛丁山嘆了口氣，一臉愁苦的說：「如果沒有皇上的詔書，就算我七步一拜到寒江關，樊梨花也未必會答應，懇請皇上下詔讓罪臣帶上寒江關。」

徐梁說：「薛將軍，這原是你種下的因，就該自己承擔後果。你們曾有夫妻之情，你若七步一拜，相信樊小姐一定會心軟的。」

唐高宗心想這是個懲罰薛丁山的好機會，因此依舊不願意下詔書，並命令薛丁山即刻出發，不得耽誤。

薛丁山七步一拜的消息傳到了樊府，樊夫人勸樊梨花：「難得皇上替妳出了這口氣，妳就原諒他了吧！」

樊梨花把手一搖，說：「娘，他休棄我三次，如今我也要折磨他三次，才能平我心頭的怨氣。孩兒有起死回生之術，請娘配合我演一齣戲，讓我捉弄他一番。」她派人改換樊府內外的裝飾，並放出她一病不起的消息。

薛丁山七步一拜前往寒江關，途中腰桿一度挺不起來，但他怕皇上差人沿路監看，於是不敢怠慢，千辛萬苦終於到達目的地。

他來到樊府前，見到府上掛滿白色的喪帳，家僕們全都白衣帶孝，十分詫異，一問之下才知道樊梨花得了怪病，大病三日便一命嗚呼。

薛丁山晴天霹靂，全身癱軟在地，他被帶到樊梨花靈前弔祭，看到棺材裡的樊梨花，忍不住放聲大哭：「為什麼我們的緣分就這麼薄呢？皇上下詔請妳去白虎關掛帥，眼看就要一家團圓，沒想到妳卻病死了。妳死了，我要怎麼回去面對皇上？」

樊夫人聽到哭聲來到大堂，看見薛丁山便劈頭大罵：「你這個忘恩負義的人，來這兒虛情假意的哭什麼？當初要不是你三次休妻，梨花也不會落得如此下場，我不想見到你。來人啊，把這無情無義之人趕出去！」

薛丁山一被趕出樊府，樊梨花便從棺木中爬起來，對樊夫人說：「這個計謀將來被皇上知道恐有欺君之罪，讓我先上書給皇上說明這件事。」她立刻派人送信到白虎關給唐高宗。

「哈哈哈，真是妙計，虧她想得出來。」唐高宗看完樊梨花的信，對如何處置薛丁山心裡已有了譜。

薛丁山一路風塵僕僕的趕回白虎關前，向唐高宗稟報樊梨花病死的消息，唐高宗龍顏大怒：「上次你推

說因為沒有詔書，<u>樊梨花</u>不肯前來。這一次你竟然又說<u>樊梨花</u>已經病故，朕看這也是你的推託之詞吧，好好一個人怎麼可能說死就死呢，簡直一派胡言！」於是派人將<u>薛丁山</u>綁在旗臺上，處以萬箭穿心的極刑。

　　<u>薛</u>家上上下下看<u>丁山</u>死罪難逃，都嚇得不知如何是好。

　　<u>程咬金</u>覺得<u>樊梨花</u>的死極不尋常，心想一定是<u>樊梨花</u>的計謀，便假裝一臉擔憂的對<u>唐高宗</u>說：「依老臣之見，<u>樊</u>小姐的死是因為氣不過<u>薛</u>將軍再三休棄，過度傷心鬱悶而造成的。<u>樊</u>小姐不是命薄之相，如果<u>薛</u>將軍能誠心誠意的認錯，三步一跪前往<u>寒江關</u>，再加上皇上親自下詔，一定能感動天地讓<u>樊</u>小姐還魂。如果這樣都無法感動上天，老臣願意同<u>薛</u>將軍一起受罰。」

　　<u>唐高宗</u>聽<u>程咬金</u>如此擔保，便准了<u>程咬金</u>的建言，

寫下詔書交給程咬金，並要程咬金和薛丁山一同前往寒江關。

　　薛丁山向程咬金一拜：「多謝程將軍保我不死，經過這麼多事，我已對從前自己的不成熟感到後悔。只是樊梨花已死，怎麼可能讓她再活過來呢？」

　　程咬金回答：「當初成親時，你責怪她殺了父親而休棄她，她不計前嫌來救你，你又不領情氣走她，最後又不經查證毀她名節，你能想像這些事對她的傷害有多深嗎？如果你真的感到後悔，就誠心懺悔不要多想，也不要再有一絲怨言，相信上天會被你的真誠所感動的。」

　　薛丁山腦中浮現兩人第一次見面的情景。

　　樊梨花勇敢果決，意志堅強，彷彿什麼都動搖不了她的信念。

　　若她是大唐女子，薛丁山或許會對她動心。但命運一開始便捉弄著兩人，將他們分在不同的陣營。

　　自從一箭誤殺薛仁貴之後，薛丁山開始漸漸了解樊梨花失手殺了父親的心情，驚慌失措、自責愧疚，還有別人異樣的眼光，都讓人難以忍受。而薛應龍不過是個年輕人，只因為自己一

時猜忌固執，不願意聽任何人解釋，錯怪了樊梨花，兩人之間的裂痕才會越來越深。

「原來我只考慮到自己的心情，從來沒替她想過……或許我真的做錯了吧。」薛丁山覺得十分慚愧，當場跪了下來，朝寒江關恭敬一拜，開始三步一跪前往寒江關。

途中，薛丁山回想起前兩次上寒江關的經過，第一次雖是涼爽的深秋，他卻走得忿恨難平；第二次拜上寒江關時，已經春暖花開，天候宜人，他卻心有未甘。這次出發正是六月炎夏，他汗如雨下，但是心情反而平靜許多。

薛丁山一路跪到樊府，腳底磨破了皮，膝蓋也跪得發疼。

一到靈前，他雙膝跪倒在棺木邊，不禁淚流滿面。

「娘子，過去都是我的不是，是我對不起妳……」

「我不但誤解妳、辜負妳，還讓妳受盡了折磨和委屈……」

「妳打我也好，罵我也好，這次我再也不會離開妳了……」

「我們可以一起上白虎關，一起完成征西的大業，還可以一起做好多好多妳喜歡的事，只要妳能活過來，

我什麼都聽妳的，再也不會違背誓言……」

　　「妳快起來！不然我就一直跪在這裡……就算死在妳的靈前……也是對我這薄情之人的懲罰啊！」

　　在旁的眾人聽到薛丁山如此懇切的告白，都跟著流淚，其中幾位不忍心看他虛弱的樣子，想扶他進房歇息，但不論眾人怎麼勸，他都不願離開靈前，哭累了就趴在大堂上休息。

　　半夜，堂上吹過一陣陰風，薛丁山站起身撥開靈幃，抱著棺木問：「娘子，莫非是妳的魂魄回來了？」

　　這時棺木漸漸的動了起來，薛丁山連忙把棺蓋掀開，只見樊梨花從棺木中坐了起來，大喊一聲：「我好恨啊！」

　　樊夫人和侍女聽到有動靜，都跑了進去，樊夫人喜極而泣的哭著說：「女兒啊！妳終於活過來了，真是老天有眼啊！」

　　薛丁山也跪著說：「老天有眼，都是我的錯，妳終於回魂了。」

　　樊梨花只是不理，暗自垂淚。

　　樊夫人勸她：「女兒啊！丁山雖然忘恩負義，但他三步一跪前來寒江關，也夠折磨他了，妳就原諒他吧！」

樊梨花沉默不語，過了許久才深吸一口氣，轉頭問薛丁山：「你在棺木前說的話可都是真的？」

　　「當然是真的。」

　　薛丁山一臉誠懇，讓樊梨花破涕為笑。

　　第二天，程咬金宣讀皇上的詔令，樊梨花接旨後告別母親，動身前往白虎關，並要薛丁山前往玉翠山找回薛應龍，替唐軍增添戰力。

　　白虎關前，樊梨花朝見唐高宗，又拜見薛夫人、竇仙童和陳金定，心情變得海闊天空。過沒幾天，薛丁山帶回薛應龍，一家人終於團聚。

　　唐高宗冊封樊梨花為征西大元帥，同時赦免了薛丁山的罪，封他為帥府參將，並且御賜他們成親。當天晚上，歷經風波的兩人正式結為夫妻，薛府上下也終於鬆了一口氣。

一第十五回 樊梨花勢如破竹

　　樊梨花一出任征西大元帥，就擬定好與以往不同的征戰策略。她並不急著出兵，因為經過多年的奔波作戰，許多士兵已疲於奔命。過了半個月，士兵恢復以往的元氣，樊梨花見時機成熟，才派先鋒羅章帶著秦漢、竇一虎到白虎關前叫陣。

　　「哼，正想找你們算帳，你們就自己送上門。」楊藩此時已經養好傷、練成飛龍鏢，立刻出關應戰。

　　楊藩一上陣就對唐軍大喊：「快叫樊梨花出來。」

　　「等你先過我這關再說。」羅章點起梅花槍刺向楊藩，楊藩雙手一揚，放出飛鏢，羅章閃躲不及，肩膀中了一鏢跌下馬。

　　秦漢和竇一虎立刻上前擋住楊藩，楊藩又放出飛鏢傷人，兩人試著避開，沒想到飛鏢竟像自己有意志似的緊追不放，他們只好一個鑽天、一個入地，走為上策。

　　見飛鏢起了作用，楊藩十分得意，再度放話要樊

梨花出陣。薛丁山和薛應龍本想出陣，樊梨花卻說：「既然他要我出陣，我就讓他瞧瞧我的厲害。」

「大膽楊藩！」樊梨花手持雙刀，披掛來到陣前，「還不快棄械投降，本帥或許會饒你一死。」

楊藩心想眼前美若天仙的女子，原本應該是他的妻子，卻無故毀婚，不禁又氣又惱，便說：「哼，我還沒跟妳算帳，妳倒先威脅我。妳父親自小就把妳許配給我，我正想把妳迎娶過門，沒想到妳竟然投奔唐營，嫁給薛丁山。」

他露出狡猾的笑容，繼續說：「不過如果妳願意回到我身邊，我倒是可以不計前嫌，讓國王赦免妳弒父殺兄、投靠唐營之罪。」

「誰說我曾許配給你，你拿不出證據就別胡說八道，有本事就放馬過來。」樊梨花早料到他會重提婚事。

楊藩還想勸樊梨花回心轉意，樊梨花充耳不聞，提刀就砍了過去。兩人大戰不久高下立見，楊藩吃不消，一邊放出飛鏢偷襲，一邊調轉馬頭想要逃走，樊梨花不慌不忙從懷中取出乾坤帕，向上一拋，乾坤帕發出萬丈金光，飛鏢立刻消失無蹤。

楊藩大驚，一連放出十二支飛鏢，像一團烈焰般

薛丁山征西

直直撲向樊梨花，樊梨花又將乾坤帕拋起，飛鏢全被萬丈金光給收去。

楊藩見自己辛苦練就而成的飛鏢，一瞬間就化為烏有，大吃一驚，連忙把身子一搖，出現三頭六臂，指揮鬼兵殺向樊梨花。

樊梨花笑著說：「我可不怕你的妖法。」她口念咒語用手一指，身後也殺出無數兵將。楊藩收了法術想走，被樊梨花用誅仙劍砍中了左肩，負傷逃回關裡。

第二天，楊藩知道自己的武藝在樊梨花之下，決定改用心理戰。他來到唐營前，語氣沉重的說：「樊梨花，妳本應該是我的妻子，如今不但違背妳父親的誓言，還如此狠心傷我，妳怎麼對得起我們楊、樊兩家的交情，怎麼對得起妳父親？」

樊梨花聽楊藩提起自己的父親，心不禁揪了一下，但她明白身為唐營主帥，必須隨時保持沉著鎮定，否則軍心一不穩，敵人便會趁虛而入，於是壓抑自己的情緒，板起臉孔冷冷的說：「楊藩，昨天饒你不死，今天是自動來送命的嗎？」

楊藩見樊梨花態度如此冷淡，一股恨意升起，提

刀砍向樊梨花。幾招之後，楊藩眼見不能取勝，打出無數顆金棋子，四周一時變得金光萬丈，就像下了金色的雨一般。

樊梨花取出金棋盤，瞬間金棋子就乖乖的落在棋盤上頭。楊藩不知所措，只好再現出三頭六臂指揮鬼兵，樊梨花揭開葫蘆放出火鴉，鬼兵瞬間就被燒得無影無蹤。

楊藩轉身想逃，卻被樊梨花的飛刀砍下手臂，跌下馬來。樊梨花正要殺他，父親的身影又浮現腦海，竟然有些下不了手。

遲疑之間，薛應龍從後頭衝上來，一刀砍下楊藩的頭，刀口衝出一道黑氣，直直衝向樊梨花。樊梨花感到一陣暈眩，差點摔下馬。薛金蓮上前扶她回營，並請來大夫為她診治，這才發現樊梨花有了身孕。

楊藩一死，白虎關自然攻破，樊梨花派人迎接唐高宗進關。唐軍休息了半個月後再度出發，樊梨花體恤程咬金年事已高，要他留守白虎關，等待大軍凱旋歸來。

唐軍一路長驅直入，西涼國的沙江關、鳳凰山和麒麟山迅速被拿下，三個月後，大軍順利抵達蘆花關。

另一方面，蘇寶同在鎖陽城大敗之後，一心想要

雪恥，向西涼國國王和鄰近的烏孫、波斯、天竺等國調了一百三十萬大軍，另外又請來截教五位妖仙擺下金光陣，老早守在蘆花河等唐軍的到來。

前線傳來樊梨花一路勢如破竹的消息，蘇寶同向將士們喊話：「可恨唐軍，奪去我西涼國大半的領土，不但東邊的關口都失去了，如今西涼國五山也被占領兩座。本帥在此擺下金光陣，又請來西域諸國好友一同抵禦大唐，這次一定能打退樊梨花，讓她知道我們的厲害。」

他請五位妖仙分別陣守在金光陣的東、南、西、北和中央，再令飛鈸禪師和鐵板道人鎮守蘆花關，分派妥定後就派人向唐營下戰書，要樊梨花來攻打金光陣。

薛丁山征西

一第十六回 樊梨花破金光陣

樊梨花在蘆花關外二十里處紮營，接到蘇寶同的戰書後，並未立刻攻打金光陣，反而先派秦漢和竇一虎去進攻蘆花關。

兩人帶兵到關前叫陣，飛鈸禪師和鐵板道人覺得奇怪，但仍舊出陣迎戰。看到兩個矮將，鐵板道人便說：「我們得小心這兩個矮子，不要再上了他們的當。」

「兩個手下敗將今天又來送死嗎？」秦、竇兩人語帶嘲諷。

飛鈸禪師和鐵板道人氣不過，雙刀揮舞砍了過去。接著又趁機祭起飛鈸和鐵板，秦漢、竇一虎差點中招，一個上天一個遁地逃走了。

樊梨花再派四名女將前去支援，六人在陣上大戰，竇仙童祭起細仙繩要抓飛鈸禪師，沒想到飛鈸禪師竟化作一道紅光逃走了。鐵板道人看飛鈸禪師獨自脫逃，大罵他不夠義氣，一旁的刁月娥把握機會將攝魂鈴一

搖，鐵板道人立刻跌下馬，被唐軍綑進營裡。

鐵板道人昏迷不醒，等他回過魂來，人已經身處法場要被問斬了，他大吃一驚，連忙隱身逃走。

樊梨花看到好不容易抓來的鐵板道人在眼前憑空消失，心情十分鬱悶。

秦漢說：「元帥不要煩心，不如讓我和竇一虎潛入敵營一探虛實，等候時機裡應外合，一舉攻破蘆花關。」

當晚，兩人潛入蘆花關探聽軍情。竇一虎在地下聽見蘇寶同外出練陣，關內只剩飛鈸禪師和鐵板道人守關，心想正是攻關的好機會。他要秦漢飛到關頭上偷出兩套番兵的衣服和令牌，並通知樊梨花前來，他自己則繼續躲在地下觀察敵情，以防計畫生變。

入了夜，秦漢飛回關裡和竇一虎會合，兩人換了衣服，混在守關的士兵中伺機而動。

樊梨花派薛丁山和薛應龍偷偷到關下埋伏，不久，秦漢點火燒了糧草，關內火光衝天，竇一虎趁番兵忙於救火時打開關門。關外的唐軍看到火光的信號，一股作氣衝進關裡。

飛鈸禪師和鐵板道人在睡夢中驚醒，眼看唐軍已經進城，四周火舌四起，兩人衣服都來不及穿就藉著

火遁逃走了。其餘士兵見到他們跑了，軍心渙散，一下子便也各自散去。

人在蘆花河的蘇寶同遠遠看到關內起火，內心有不好的預感，果然過沒多久，飛鈸禪師和鐵板道人便匆匆趕到河畔，回報失守的消息。

蘇寶同忿忿的說：「是我沒算到樊梨花會先打蘆花關，兩位軍師不要覺得內疚。這次我們準備充分，我就不信她能破得了我的金光陣。請兩位軍師嚴守陣門，務必要讓唐軍一敗塗地。」

第二天一早，樊梨花帶將官去看金光陣，只見陣中紅光沖天，十分兇險，回營後她搖著頭說：「這個陣十分厲害，內含八卦五行，又有不少寶物守陣，連我都沒有十足的把握可以攻破。」

薛丁山說：「我曾聽師父說過此陣，不如由我走一趟雲夢山，請教師父破陣的方法。」

樊梨花聽了大喜，說：「那就有勞你了。你這次回去，除了求王敖老祖指點如何破陣，也順便求他還你十樣寶物，以防蘇寶同那些人再耍花招。」薛丁山接

下命令，立刻帶著樊梨花的信出發。

薛丁山一路快馬加鞭來到雲夢山，把大軍受阻金光陣的消息告訴王敖老祖。

王敖老祖看完樊梨花的信，說：「金光陣雖然屬害，還是有破解的方法，你們不用太過煩心。只要選一天吉日，由東門、南門入陣，你妻子的懷中自有破陣的寶物。」

薛丁山一臉疑惑，忍不住問：「不知那破陣的寶物是什麼？」

「到時候你就知道了。」王敖老祖這麼表示，薛丁山也不便多問什麼，拿回十樣寶物後便啟程回蘆花關。

樊梨花聽了老祖的指示後百思不解，心想自己雖有不少寶物，卻想不透哪一樣可以破陣。

隔天，正好是不避凶忌的好日子，樊梨花命令秦漢和竇一虎攻打東門，四位女將和自己一同攻打南門，薛丁山則在後頭負責接應。

東門外，野熊仙出陣迎戰，鐵板道人也祭起鐵板助攻，但只要他一祭起鐵板，秦漢、竇一虎就鑽入地下，東門的陣式被兩人打得大亂。

這時南門的女將也衝進陣裡，此陣由黑魚仙、蘇寶同鎮守。蘇寶同祭起飛刀殺向女將，樊梨花接下飛刀，刁月娥趁機搖動攝魂鈴，黑魚仙一聽到鈴聲立刻藉土遁溜走。少了他的幫忙，蘇寶同打不過樊梨花，化成一道虹逃走。

南門破陣之後，女將們殺進正中央，各國番兵突然從四方湧入，把女將們團團圍住。樊梨花祭起打仙鞭，只能暫時讓部分番兵後退，不久後他們便又像潮水一般湧入。

正當樊梨花被困在陣中，五位妖仙、蘇寶同、飛鈸禪師和鐵板道人都趕到助戰。這時飛鈸禪師祭起了飛鈸，樊梨花趕緊拿出混元棋盤將飛鈸架住，不讓它落下傷人。妖仙們口念咒語，陣中的烈火愈燒愈旺，唐軍漸漸招架不住。

大戰之下，樊梨花體力逐漸不堪負荷，動了胎氣，腹部一陣疼痛，全身無力，險些被擊中要害，還好薛丁山和竇仙童、陳金定殺到身邊保護她，才讓她逃過

一劫。四人在陣中衝殺，但番兵卻像銅牆鐵壁一般，完全無法突圍。不知不覺天色已經晚了，樊梨花捧著肚子，疼得流下淚來。

薛丁山安慰她：「忍著點，我們幫妳殺出重圍，回到營中再生產。」

竇仙童見樊梨花臉色蒼白，精神渙散，便說：「看來是來不及回營待產，你們守好陣式，梨花可能要在陣裡生小孩了。」

這時四周殺聲震天，竇仙童和陳金定分別攔住鐵板道人和飛鈸禪師，薛丁山對上五位妖仙，樊梨花則一手捧腹，一手提刀，忍著痛和蘇寶同交手。

蘇寶同下手毫不留情，樊梨花筋疲力盡，終於不支倒地。蘇寶同祭起飛刀射向樊梨花，一道紅光突然衝出，飛刀立刻化成飛灰。蘇寶同不死心，一連射出三十二把飛刀，沒想到飛刀一遇紅光全都化成了灰。

原來樊梨花倒地的時候，終於忍受不住在陣中臨盆，血光一衝出，不但破了蘇寶同的飛刀，連飛鈸禪師和鐵板道人的飛鈸、鐵板和妖仙們的法術都衝破了。事情發生得太過突然，蘇寶同和眾番兵反應不及，楞在原地。

情勢一變，竇仙童馬上祭起細仙繩抓住蘇寶同、

薛丁山征西

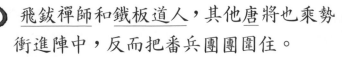

飛鈸禪師和鐵板道人，其他唐將也乘勢衝進陣中，反而把番兵團團圍住。

五位妖仙見大勢已去，紛紛藉土遁逃走。各國番兵也亂了陣腳，逃的逃，跑的跑，金光陣瞬間土崩瓦解。

成功破了金光陣之後，女將們扶起樊梨花，撕下一塊戰袍把小男嬰包裹起來。薛丁山非常高興，才知道王敖老祖所謂「懷中自有寶物」，指的就是他們的孩子。

唐軍大勝回營，樊梨花派人將捷報傳回白虎關給唐高宗，並把蘇寶同等三人押到法場行刑。

法場上，樊梨花指著蘇寶同大罵：「因為大唐將領和你家族之間的私人怨仇，你竟然慫恿西涼國起兵造反，造成西番諸國和大唐的對立，多少百姓被戰爭牽連，無家可歸，我不能饒你。」

蘇寶同反譏她：「妳生為西涼國人，竟然投敵叛國，弒父殺兄，天理不容，遲早會有報應。今天我不幸被妳抓了，要殺就殺，有什麼好說的。」

樊梨花下令立刻將他們斬首，士兵解下將三人綁在一起的細仙繩，準備分開綁赴刑臺行刑，沒想到三個人竟然趁機化成長虹逃走。

一切發生得太快，在場眾人面面相覷，僵在原地。
樊梨花嘆了口氣，打破沉默：「他們這次逃跑，一定會
再興風作浪，看來接下來還有硬仗要打。」

第十七回 金牛山朱崖背誓

　　蘇寶同從法場逃走後，先前往金牛關，金牛關守將朱崖也是個修煉過法術的人。蘇寶同命令朱崖攔住唐軍，爭取時間讓他回白雲洞求師父李道符幫忙。

　　朱崖自信滿滿地說：「元帥放心，我不會讓唐軍過我金牛山一步。」

　　樊梨花帶領唐軍來到金牛山下安營，隔天，她親自出陣，指示薛丁山為前鋒，四女將為左右，秦漢、竇一虎為後備，一行人浩浩蕩蕩來到關下討戰。

　　朱崖和副將一同出關，雙方人馬開戰，朱崖身體一晃，現出三頭六臂來抓人，樊梨花接下朱崖的攻勢，祭起誅仙劍斬下朱崖雙手，沒想到一道紅光射出之後，斷臂之處又長出一雙手，還把誅仙劍給搶了過去。

　　樊梨花叫了聲「不好」，差點被自己的誅仙劍砍到，還好刁月娥及時拿出攝魂鈴向朱崖一搖，朱崖一個不穩跌下馬，藉土遁逃走了。

　　一場大戰沒有勝負，誅仙劍卻被朱崖收去，樊梨

花心中悶悶不樂。

秦漢和竇一虎對看一眼，默契十足的說：「元帥不用煩心，今晚我們倆就進關去把誅仙劍給拿回來。」

朱崖回到關裡，向妻子金丸夫人說起出戰的事：「唐將的攝魂鈴果然厲害，差一點就被攝去魂魄，還好我有九轉元功，否則性命難保。」

「別長他人志氣滅自己威風，我們金牛關可不是那麼容易被攻克的。」此時一陣狂風吹起，金丸夫人屈指一算，小聲提醒：「今晚恐怕會有刺客，我們要小心。」朱崖於是命令士兵加強防守。

入夜後，秦、竇兩人來到金牛關。竇一虎看見誅仙劍被高高掛著，但是四周戒備森嚴，難以下手，只好一直躲在地底等待機會。沒想到過了半夜，番兵不減反增，竇一虎等得不耐煩，衝出地面想要拿劍，馬上就被番兵發現，引起不小的騷動。

秦漢乘亂解下誅仙劍，正打算溜之大吉，卻被朱崖攔下。竇一虎衝出來搭救，後頭的金丸夫人手指一彈，打出一顆金丸，正中竇一虎的臉。

竇一虎跌倒在地，被朱崖一手抓住。朱崖知道竇一虎有地行之術，便把他關進一個掛在半空中的籠子裡，以防他逃跑。秦漢看情況不妙，評估自己單槍匹

馬無法救出竇一虎，便一腳蹬地，帶著誅仙劍離開。

「元帥，大事不好了！」秦漢匆匆忙忙進入帥營報告竇一虎被抓的消息。

薛金蓮知道丈夫被抓後，不顧眾人勸阻，立刻衝出陣要救竇一虎。

朱崖聽到有人叫陣，正要出關，金丸夫人攔住他，說：「將軍且慢，殺雞焉用牛刀，讓我去會一會他們。」

金丸夫人是將門之女，從小習武，武藝自然高強。她手持單刀，上下飛舞，殺得薛金蓮招架不住，秦漢、刁月娥趕緊上前幫忙，金丸夫人面不改色，隻身大戰三人竟然不分勝敗。

對戰當中，金丸夫人找到破綻，連續打出三粒金丸。

「鏘、鏘、鏘——」眼看金丸就要擊中三人，樊梨花一夾馬腹，出劍擋下。

同時竇仙童也祭起細仙繩，把金丸夫人抓了起來。原來樊梨花見薛金蓮情緒激動，放心不下，先派秦漢夫婦前去支援，自己再帶一隊人馬緊追在後。

本來待在關內觀戰的朱崖勃然大怒，現出三頭六臂殺向眾人，竇仙童和陳金定先後被抓，樊梨花則使

薛丁山征西

用隱身術逃過一劫。

　　朱崖找不到樊梨花，抓了人想回關裡，一回頭卻
看不見金牛關，只有一條通往深山的小路。他四處觀
望，遠遠看見山上似乎有一座寺廟，決定上山一探究
竟，但他抓著兩員女將行動不方
便，便把竇仙童和陳金定綁在大
樹上，獨自走上山。

　　朱崖一踏進寺廟，四周突然
出現許多鬼兵，朱崖打不過鬼
兵，想逃卻找不到出路，最後被
鬼兵抓進內堂。

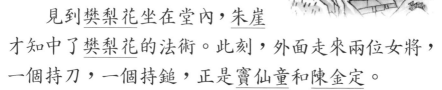

　　見到樊梨花坐在堂內，朱崖
才知中了樊梨花的法術。此刻，外面走來兩位女將，
一個持刀，一個持鎚，正是竇仙童和陳金定。

　　樊梨花對朱崖說：「今日你被我用移山之術抓了，
你願意投降獻關，並且放了被你抓走的唐將嗎？」

　　為了逃命，朱崖滿口應承：「多謝妳不殺之恩，我
一定會獻上金牛關，但也希望妳能放了我妻子。」

　　樊梨花要朱崖立下誓言，朱崖不假思索的說：「如
果我信口雌黃，就死在亂刀之下。」

　　朱崖一立下誓言，樊梨花就收了法術，山和寺廟

瞬間消失，他們仍在戰場之上。

樊梨花依約放了朱崖和金丸夫人，薛丁山擔心的說：「朱崖奸詐狡猾，不該輕易放他們回去。」

「朱崖氣數未盡，現在還不是殺他的時候，之後我自有安排。」樊梨花十分篤定，薛丁山便不再多說。

朱崖和金丸夫人回到關裡，正在氣頭上的朱崖立刻下令：「把籠子裡的唐將給我燒了！」

「相公，既然樊梨花遵守承諾放了我，你也該遵守諾言放了唐將，獻上金牛關。」金丸夫人勸他不要背信忘義。

「樊梨花用法術抓我，我才假意立誓，我是西涼國守將，是不可能會投降她的。」

此時秦漢正躲在屋梁之上，聽見朱崖要燒死竇一虎，急忙趕回唐營回報。原來樊梨花早料到朱崖一定會反悔，派秦漢跟在他們身旁刺探軍情。

收到消息之後，樊梨花立刻畫了一個倒海符交給秦漢，要他交給竇一虎保身。

當天晚上，鐵籠四周燃起熊熊烈火，沒想到火愈燒愈大，竇一虎卻在籠子中大喊舒爽。朱崖一氣之下，把關內所有的柴薪都用上了，一連燒了三天三夜，竇一虎還是安然無恙。

竇一虎大喊：「番狗，你們就算燒我一個月，我也不怕。」

朱崖不死心，又到銅馬關和玉龍關借柴火，又燒了三天三夜，竇一虎仍然像沒事發生一樣。朱崖無可奈何，只好打消燒死他的念頭。

同時，樊梨花多次派人在關外叫戰，朱崖緊守關門，不與唐軍正面交鋒。兩軍相持月餘，金牛關屢攻不下，樊梨花再次派秦漢入關探聽敵情。

「將軍留步！」

秦漢飛進關裡，沒料到自己會被叫住，連忙舉起狼牙棒要攻擊。

「請將軍手下留情！」番將沃利從黑暗中走出，「我是朋友，不是敵人。」

沃利曾是蘇寶同的副將，因為不認同蘇寶同挑起戰爭，提出諫言而被貶職到金牛關，心裡早就想投降唐軍，只是一直苦無機會。

他向秦漢表明自己的身分，並提供有利情報：「朱崖是個好色之徒，最近他看上一名女子趙芙蓉，想要娶她為妾，但趙芙蓉是有夫之婦，不肯就範。如果你能說服她合作

行刺朱崖，金牛關一定不攻自破。」

秦漢聽了十分欣喜，隔天就到趙芙蓉家裡遊說。趙芙蓉對於朱崖三天兩頭就找他們夫妻麻煩，早就不堪其擾，但她怕自己不會武功，對付不了朱崖。

「夫人放心，我會助妳一臂之力，一定不讓妳受到任何傷害。」秦漢拍胸脯保證。

隔天，沃利就跟朱崖報告趙芙蓉因為丈夫移情別戀，決定答應嫁給朱崖。朱崖大喜，馬上要人準備酒宴，打算當天就迎娶趙芙蓉。

酒席結束之後，趙芙蓉在新房內把朱崖灌得爛醉，顫抖的拿出預藏的刀刺向朱崖。

朱崖痛醒過來，大喊有刺客，這時秦漢衝進來，將朱崖亂刀砍死，同時間，樊梨花也率領軍隊進攻，裡應外合，順利攻下金牛關。

金丸夫人看大勢已去，回想起朱崖曾經發誓，如今違反誓約，果然死在亂刀之下，不禁搖頭嘆息。

第十八回 寶同請仙鬥梨花

時光飛逝，時序來到隆冬，這天傍晚，營外大雪紛飛，大地一下子便鋪上一層厚厚的白色冬衣。樊梨花和薛丁山被窗外景象吸引，一時沉默不語。

「感覺帶兵西征像是昨天才發生的事，轉眼竟已過了十多年。」薛丁山的視線從窗外移到樊梨花身上，「只要再攻下銅馬關和玉龍關，我們便可平定西涼國了。」

「沒錯，許多將士歸心似箭，希望早日取得勝利，回去和家人團聚呢。」

「不過近日氣候嚴寒，恐怕不利行軍作戰。」薛丁山皺了皺眉頭。

「看來我們還是得緩一緩，等天氣回暖再出發了。」

樊梨花下令部隊就地紮營，幾個月後，大雪稍停，大軍出發，走到銅馬關前。此時唐軍經過幾個月的休養，不僅體力恢復，鬥志也因為戰爭即將步入尾聲而

高昂了起來，半個月內便把銅馬關打得落花流水。

　　這時鎮守在玉龍關的西涼國太子十分緊張，召眾將領商量對抗唐軍之策。

　　蘇寶同說：「自從金光陣失利之後，我去請我師父李道符幫忙，他和截教教主金璧風借了一匹神馬，叫做黑獅神駒，等唐軍到達，就讓他們嘗嘗我的厲害。」西涼國太子見蘇寶同胸有成竹，總算落下心中的大石，稱讚蘇寶同為西涼國棟梁。

　　隔天，蘇寶同聽到關外有人叫陣，騎著黑獅神駒出關迎戰。只見羅章提著梅花槍上陣，兩人大戰了半天，蘇寶同一拍馬頭，黑獅神駒就從鼻子噴出火球。過沒多久，戰場上煙霧迷漫，火球四射，唐軍為了躲火球大亂陣腳，四處逃竄。蘇寶同十分得意的收兵進關。

　　羅章奔回營中回報戰況：「蘇寶同不知哪兒借來了一匹黑馬，一上陣就會噴出火球，大家一定要格外小心。」

　　陳金定豪氣萬千的說：「管他黑馬、白馬，我們這

159

麼多人，我就不信對付不了他。」

寶仙童也一臉不屑的附和：「蘇寶同是我的手下敗將，明天上陣我就用細仙繩抓他。」

第二天，寶仙童和陳金定出陣，但濃煙遮蔽視線，她們根本看不清敵人的方向，被困在陣中動彈不得。樊梨花看情勢不好，親自上陣口念咒語，引來北海之水撲滅火勢，兩人才順利脫困。

情勢一轉變，蘇寶同連忙駕馬逃離戰場。

「奇怪，我不記得從前這裡有座山啊？」蘇寶同正在疑惑時，隱約聽到山中有鐘聲，上前查看，發現一座尼姑庵。因為天色已晚，蘇寶同把黑獅神駒拴在樹上，進入庵中問女尼是否可以借宿一晚。

「我們這兒是佛門淨地，不方便男子留宿。將軍請回吧！」

蘇寶同懇求：「請您行行好，天色已晚，附近又沒有其他地方可以投宿。我只叨擾一夜，而且我是西涼國國舅，不會傷害妳們的。」

另一個尼姑說：「師姐，庵裡有一個關老虎的大鐵籠，不如就請他在籠子裡待一晚吧？」蘇寶同雖不願意也沒辦法，只好答應進去籠子裡將就一晚。

沒想到蘇寶同一進入籠子就被上了鎖，帶頭的女

尼手持符咒對他說：「蘇寶同，你認得我吧！」

「竟然是妳！」蘇寶同仔細一看，認出樊梨花，這才知道自己中了移山的法術。

「沒錯，貼完符咒看你還能往哪裡跑。」樊梨花正要動作，蘇寶同吸了一大口氣，吹向樊梨花，四周瞬間颳起一陣大風，把符咒吹落在地。等到樊梨花撿起符咒，蘇寶同已趁機化成一道長虹逃跑了。

蘇寶同逃出尼姑庵，猛然想起自己把黑獅神駒給忘了，心中極為懊惱，不知該如何向李道符、金璧風交代。

「有了！」他轉念一想，想出一個將計就計的辦法，立刻動身去找師父李道符。

自從蘇寶同脫逃成功，樊梨花便安排士兵緊鑼密鼓的訓練，打算加緊攻打玉龍關。到了出兵這一天，秦漢、竇一虎率先出陣，西涼國陣營則是派出飛鈸禪師與鐵板道人。

「又是你們兩個，是之前被打得還不夠嗎？」竇一虎冷哼一聲。

「少說廢話，讓你嘗嘗我們的厲害。」

兩方人馬雖然交手過無數次，但飛鈸禪師和鐵板

道人這次是有備而來。幾招過後，飛鈸禪師祭起玲瓏寶塔，秦、竇兩人看他拿出新法寶，不敢大意，趁玲瓏寶塔還沒起作用前，便藉著土遁溜走。

飛鈸禪師率大軍衝向唐軍，唐軍陣式大亂，薛丁山拍馬出陣，用方天畫戟擋住飛鈸禪師的攻勢。

飛鈸禪師再度祭起玲瓏寶塔，寶塔升到空中發出萬道金光，薛丁山抬頭一望，被刺得睜不開眼，只覺得頭頂突然有一股其重無比的重量壓了下來，身子一偏被打下馬，趴在地上一動也不動。

竇仙童衝出陣要為薛丁山出一口氣，拿出細仙繩向上一拋，飛鈸禪師曾被細仙繩抓過，知道厲害，趕緊化成長虹逃走。竇仙童正想追擊，卻被鐵板道人擋住去路。

「美人兒，先過我這關。」鐵板道人拿出神光扇一搧，一陣清風拂面，竇仙童便失去了知覺，手腳麻軟像醉了一般，開始手舞足蹈，不能控制，陳金定趕緊上前救回竇仙童。

鐵板道人又搧起神光扇，刁月娥連忙搖起攝魂鈴，兩人同時被法力震傷，各自收兵回營。

回到營中，寶仙童變成痴呆的廢人，而薛丁山也已經沒有了氣息。

　　樊梨花抱著薛丁山的遺體，放聲痛哭，其他人也難過得直掉眼淚。

　　這時，王禪老祖和王敖老祖從雲端落下，樊梨花把戰場上發生的事一五一十的告訴他們。

　　「不要著急，我們正是為了此事而來。」王禪老祖拿出兩粒金丹給兩人服下。過沒多久，寶仙童漸漸恢復神智，薛丁山也睜開了雙眼。

　　王敖老祖說：「他們的寶物是和截教教主金璧風借的，我給你們靈旛一面，可以對付神光扇，再給你們明珠一粒，可以用來破解玲瓏寶塔。但蘇寶同這次會請到很多截教妖仙幫忙布陣，單憑我和王禪之力，還不能對付他們。」他和王禪老祖對看一眼，繼續說：「我和王禪會去召集諸仙來幫忙破陣。你們先破解兩個僧道的法寶，拖延一點時間。」樊梨花和薛丁山接過兩件寶物，目送兩人乘雲而去。

　　飛鈸禪師和鐵板道人回關之後開心回報：「今日出關作戰，用寶物打死薛丁山、搞呆寶仙童，明天一定要讓樊梨花吃吃苦頭。」西涼國太子聽了很高興，下

薛丁山征西

令設宴慶功。

　　第二天飛鈸禪師和鐵板道人自信滿滿的到營前叫陣，看到薛丁山和竇仙童出陣，簡直嚇壞了。

　　飛鈸禪師祭起玲瓏寶塔要打竇仙童，薛丁山立刻拿出王敖老祖給的明珠。明珠一出現，玲瓏寶塔中的蟠龍便飛出來追著明珠跑。薛丁山把明珠召回，玲瓏寶塔也跟著收到薛丁山手中。

　　鐵板道人拿出神光扇要搧，薛丁山搶先一步搖起靈旛，神光扇立刻失效。竇仙童丟出細仙繩要抓飛鈸禪師和鐵板道人，兩人一慌，連忙逃回玉龍關。

　　唐軍衝殺到玉龍關前，西涼國守軍緊閉關門，丟下落石和火炮，唐軍一時攻不進去，收兵回營。

　　西涼國太子看飛鈸禪師和鐵板道人慘敗回關，不知道怎麼辦才好，緊張得走來走去。

　　飛鈸禪師說：「國舅已經去請仙人來布陣，太子不要慌張，先守緊關門，等國舅回來自然會有對策。」於是西涼國太子下令緊閉關門，不再出戰。

梨花洞

　　這時，蓬萊島的梨花洞裡香煙裊裊，李道符坐在蒲團

上，手執拂塵。

「師父，那樊梨花太可恨，把我的寶物都收走了，師父要替徒兒作主啊！」蘇寶同跪下訴苦。

李道符淡淡的說：「樊梨花是梨山老母的徒弟，上次替你向教主借黑獅神駒，已經和道教的道友們有些衝突。如果我這次再下山幫你，就是直接和梨山老母作對，這樣一來事情會變得十分棘手，搞不好還會引發兩教的戰爭。」

「現在西涼國只剩下玉龍關，如果玉龍關失守，那大唐一定會把西涼國給滅了。我不能報家族之仇也就算了，只怕樊梨花他們會瞧不起我們截教。」

「這話什麼意思？」

「這次下山和唐軍作戰，樊梨花不但用法術把教主的黑獅神駒騙走，還說完全不把我們截教放在眼裡。可恨弟子無能，不是她的對手，不但無力將教主的座騎給搶回來，還被她狠狠羞辱了一頓。」蘇寶同趁機挑撥。

「黑獅神駒是教主的座騎，樊梨花竟敢用計騙走，還口出狂言，簡直目中無人，存心要和我們截教作對。」李道符緊皺眉頭，繼續說：「你跟我走一趟逍遙宮，把這件事告訴教主，教主一定會替你討回公道。」

薛丁山征西

逍遙宮中，雕梁畫棟，珠光四射，金璧風鶴髮童顏，正坐在大殿正中的玉蒲團上，童男童女隨侍左右，李道符和蘇寶同上前拜見。

　　金璧風問：「你們是來還我黑獅神駒的嗎？」

　　李道符雙手抱拳，低著頭說：「不瞞教主，黑獅神駒已被樊梨花用法術騙走。徒兒蘇寶同跟她說黑獅神駒是您的座騎，希望她能歸還，不料她聽到教主的名字不但不歸還，還誇口就算您親自駕臨她也不怕。」

　　蘇寶同在一旁加油添醋：「樊梨花十分囂張，還罵我們教裡的道友都不是人，派再多妖仙去對戰都沒有用。」

　　殿上的截教弟子野熊仙、金鯉仙、神龜仙等聽到這一番話非常生氣，議論紛紛……

　　「樊梨花真是欺人太甚，他們道教的人就比較高尚嗎？」

　　「先前教友們擺下金光陣時，樊梨花就已經百般欺侮我們。」

　　「教主應該給他們一點顏色瞧瞧，不然他們會瞧不起我們截教。」

　　教主安撫眾人：「大家不要激動，樊梨花幫助大唐攻打西涼國是天意，我們無須多管閒事。」

薛丁山征西

蘇寶同見金璧風不為所動，繼續煽風點火：「教主有所不知，樊梨花仗著梨山老母是她師父，十分囂張，屢次羞辱我們截教的人，完全不把教主放在眼裡，如果不給她一點教訓，以後道教的人豈不是都騎到我們頭上來了？」

其他仙人也附和：「對啊、對啊！教主……」

「大家不必多說，你們先到玉龍關擺下諸仙陣。如果樊梨花願意歸還黑獅神駒，這件事就一筆勾銷；如果她不肯歸還，我自會親自主持諸仙陣，給她一點教訓。」金璧風對蘇寶同的說法半信半疑，因此語帶保留。

蘇寶同看計謀成功，不禁大喜，立刻返回玉龍關報告太子，準備迎接各方道友、妖仙的到來。

第十九回 雙教大戰諸仙陣

眾妖仙到齊的隔天，蘇寶同領兵來到唐營前宣戰。樊梨花騎著黑獅神駒帶女將們出戰，眾妖仙抵不住黑獅神駒噴出的火球，逃回番營。

天一亮，換樊梨花到番營前叫戰，眾妖仙紛紛出陣，四周瞬間變得烏雲密布，煙霧瀰漫。

樊梨花口念咒語，手在空中畫了個半圓，無數的豆子落地成兵，妖仙數量有多少，她就撒出比妖仙多一倍的數量，殺得眾妖仙節節敗退。

混戰之中，神龜仙被誅仙劍砍到現出原形，寶仙童趕緊用細仙繩穿過琵琶骨，把他吊在旗桿上。眾妖仙看到神龜仙被羞辱，非常氣憤，無奈他們打不過樊梨花，只好先收兵回營。

接下來數日，雙方各派人馬出戰，刁月娥用攝魂鈴又抓了野熊仙和老牛仙，把他們綁在旗桿上示威。眾妖仙心有不甘，請李道符出馬，希望救回三位妖仙。

「樊梨花，妳認得貧道吧？」李道符突然出現在

唐營陣中，「妳我都是道友，妳屢次羞辱我們教中的人，豈不欺人太甚？」

樊梨花抬頭看李道符，見他一身仙風道骨，並不像妖仙，便對他說：「你我素不相識，本來就不是敵人，無須互動干戈，只是這些人幫助西涼國與大唐作對，如此行徑不得輕饒。」

「我和妳師父同是道友，論起輩分，是妳的師叔，勸妳不要再與我為敵，趕快撤兵回去。」李道符板起臉孔說。

「你若是仙人就不該助紂為虐，西涼國被蘇寶同挑撥，找藉口造反，大唐出兵本是天意，你們教裡的妖仙屢屢擋關，是自找罪受。」樊梨花見他執意阻撓，語氣也強硬起來。

「大唐坐擁中原還要征戰西域，難道以為天下盡是大唐的領土嗎？西域各國都要俯首稱臣嗎？」李道符一臉不屑的爭辯。

「大唐並非無事生端，這場戰事錯在西涼國，若你不肯退讓，那就休怪我不顧念道友情義。」

李道符聽了十分生氣，提劍殺向樊梨花。樊梨花祭起打仙鞭要阻擋，沒想到李道符一揮袖，打仙鞭就被收進他的袖口。

樊梨花大吃一驚，趕緊拿出誅仙劍，李道符冷笑一聲，身子一搖，背後現出五道金光，照得樊梨花睜不開雙眼。

就在李道符要砍到樊梨花的時候，雲端突然傳來一聲雷響，金光瞬間散去。

梨山老母駕龍而來，說：「李道友，不要傷我徒弟。」

李道符正想與梨山老母理論，聽見仙樂飄來，心知金璧風即將駕臨，匆匆落下一句「回頭再和你們算帳。」便回營去了。

梨山老母對樊梨花說：「截教教主金璧風煉了四口寶劍要來擺諸仙陣，但妳不用擔心，不久會有各方仙人來助妳破陣。」樊梨花立即回營準備。

原來在兩方對戰的過程中，樊梨花不願歸還黑獅神駒，以及她羞辱三位妖仙的消息不斷傳回逍遙宮裡，金璧風臉色一沉，做了個決定。他命令座前童子去採五彩寶玉，然後再費時七七四十九天冶煉四口寶劍，準備親自前往玉龍關擺諸仙陣。

金璧風腳踩祥雲御風而行，途中突然閃出一道金

薛丁山征西

光，一個頭上紮著三辮髮髻的童子擋住了他的去路。

座前童子跳出來說：「哪來的野孩子，竟敢擋住教主的路？」

只見那童子充耳不聞，直接問金璧風：「先生背上揹的是什麼寶物？五彩繽紛的好漂亮啊！可以給我玩玩嗎？」

座前童子回答：「這是教主擺諸仙陣用的寶劍，怎麼可以給你？」

「哼！不給我，我就用搶的！」童子拿出一個布袋要套住金璧風，金璧風雙手一揮，掀起一陣颶風，乘著風躲開了袋口。

金璧風問童子：「你是何人？怎麼會有彌勒佛的乾坤寶袋？」

童子哈哈大笑，得意的說：「果然有眼光，我正是彌勒佛座下的黃眉童子。」

「這乾坤寶袋不好應付，不如……」金璧風起了個念頭，於是跟黃眉童子說：「原來是彌勒佛的座前童子，我們打個商量好不好？只要你幫我個忙，事成之後，這五彩繽紛的寶劍就送給你。」黃眉童子聽了很高興，還不知道要幫什麼忙就一口答應，和金璧風一同前往玉龍關。

玉龍關外，李道符帶著眾妖仙備齊香爐、燭臺等物品，準備迎接金璧風。

金璧風從雲端緩緩降臨，隨即命令女弟子飛雲、飛翠帶回三位妖仙以及黑獅神駒。

兩人來到唐營，看見黑獅神駒被拴在蓮花帳旁，三位妖仙被高掛在旗桿上，四周都有人嚴加看守，便在帳頂燒化靈符，發出萬丈光芒。

黑獅神駒看見光芒，知道主人來了，掙脫韁繩飛上天去，老牛仙和野熊仙身上的繩索也斷了，重獲自由，只有神龜仙因為被細仙繩穿過琵琶骨，不能解開，只能含淚目送同伴離開。

同時間，樊梨花看天有異象，出營查看，發現黑獅神駒跑了，原本綁在旗桿上的兩仙也逃走，內心煩悶不已。

梨山老母勸她：「截教教主已到，就由他們去吧！」

第二天金璧風來到營前，梨山老母前去會見。

金璧風放話：「樊梨花屢次羞辱我教的人，我不能撒手不管，叫樊梨花出來賠罪。」

「這件事其實是你門下弟子惹出的事端，你實在不應該聽信他們造謠生事，快回去吧！」梨山老母回

應。

「本教主既然已經下山，就不會輕易回去。三天之後，我會擺下諸仙陣，我們就在陣中一分高下吧。」

「既然如此，等你布陣完畢，我們會依約前去破陣。」

金璧風回營之後立刻著手準備布陣事宜，他先按四個方位祭起四把寶劍，由各妖仙分別鎮守，再派李道符守在中陣，其他番兵負責左右接應。他自己則騎上黑獅神駒，和黃眉童子在空中主陣。

三天之後，玉龍關前出現一道通天光束，十二位仙人道友，有的騎牛、有的駕虎、有的乘龍，紛紛從雲端落下。

仙人們被引進唐營帳中坐定，梨山老母說：「金璧風聽信弟子的讒言，擺下諸仙陣與我們鬥法。我認為應請軒轅老祖執掌帥印，好調兵打陣。」眾仙都覺得有理，樊梨花便把帥印交給軒轅老祖。

「這是截教擺下的法陣，營中不會法術的凡人，

不需出陣去白白犧牲。」軒轅老祖接過帥印後開始調兵遣將。

第二天各位仙人帶兵入陣，梨山老母、五元聖母殺進南陣，朱雀寶劍射出紅光，從天而降，梨山老母連忙變出兩朵蓮花托住寶劍。薛丁山一刀砍斷朱雀旗，番兵沒有了旗號，無法變換陣式，一下子便被唐軍包圍。黑魚仙和金鯉仙殺出陣，被樊梨花用誅仙劍所傷，南陣勢力徹底瓦解。

王敖、王禪兩位老祖帶秦漢、竇一虎進入東陣，老牛仙和野熊仙揮動青龍旗指揮大軍殺向唐軍，同時青龍寶劍也伴隨著青煙盤旋而下。王敖老祖口念咒語，身旁立刻開出朵朵祥雲，接住青龍寶劍。秦漢、竇一虎上前和番兵衝殺，趁機砍倒青龍旗，兩位妖仙轉身要逃，被王禪老祖一指，動彈不得，被抓了起來，東陣於是被攻破。

張果老、李靖、謝應登、孫臏、張仙師衝入西陣，白虎寶劍破空殺出，五位仙人雙手合掌，向上一推，頭頂便形成金色的保護罩，讓白虎寶劍無法靠近。張仙師把握機會口念劍訣，白虎寶劍就像被他操控一般，飛去斬斷白虎旗，守關的神犬仙、花馬仙自知敵不過五位大仙，丟下番兵便跑到中陣去了。

武當聖母、金刀聖母和桃花聖母帶薛金蓮、陳金定、刁月娥和竇仙童殺入北陣，花鳳仙和野狐仙早在陣中等候，他們用玄武旗打出旗號，周圍忽然變得黑氣瀰漫，無數番兵從四面八方衝出，玄武寶劍也對準三位聖母攻擊。金刀聖母、桃花聖母齊聲念咒，現出蓮花護體，武當聖母則迅速結出指印，讓玄武寶劍停在半空中。兩方混戰之間，陳金定一個箭步上前砍倒玄武旗，竇仙童也祭起細仙繩抓了花鳳仙和野狐仙，番兵陣式大亂，一下子便被唐軍攻破。

　　眾仙人到中陣會合，只見李道符祭起神光珠要打軒轅老祖，軒轅老祖拿出一個缽盂，一條金龍從缽中飛出，轉眼間便抓住神光珠。

　　金璧風在雲端上看情勢不利，請黃眉童子祭出乾坤寶袋。

　　黃眉童子笑著說：「看眾仙打仗真是好玩，我這兒也有寶物。」他把乾坤寶袋丟上天去，周圍瞬間變得日月無光，一片黑暗，眾仙人、薛丁山和樊梨花等人以及附近所有東西都被收進了乾坤袋中。

　　這時唐三藏師徒從西天取經要回中原，正好行經西涼國附近，也被吸入乾坤寶袋之中。孫悟空覺得奇怪，變成一隻蟲子飛出袋口，跑去跟如來佛告狀。如

來佛祖掐指一算，知道是黃眉童子闖的禍，便請彌勒佛下凡去處理。

彌勒佛和孫悟空來到玉龍關上空，看見金璧風和黃眉童子正在玩弄諸仙，於是打下一串念珠，把乾坤寶袋收回。黃眉童子看彌勒佛來了，趕緊叩頭迎接。

金璧風見不小心得罪了彌勒佛和孫悟空，知道大勢已去，只好賠罪，帶著眾妖仙先行離開。

彌勒佛打開袋口，眾仙人向彌勒佛道謝。彌勒佛雙手合十回禮後，便帶著黃眉童子離開。而孫悟空也回到唐三藏身邊，繼續往中原的方向前進。

王敖老祖對薛丁山說：「徒兒，如今諸仙陣已破，我們師徒緣分也盡了，之後再相見不知是何年何月。人世間的因果自有天命，眼前的執念和堅持，也不過是天理運行的一環，希望你能體會這個道理。」

薛丁山磕頭送別了王敖老祖，唐營的將領們也一一拜別師父，其他仙人則因為諸仙陣已破，留下謝應登協助攻打玉龍關後，便駕雲離去。

第二十回 征西涼凱旋還朝

　　自從諸仙陣被破，蘇寶同和兩位軍師束手無策，讓西涼國太子十分憂愁，只好整日緊閉關門。

　　當天晚上，樊梨花派秦漢和竇一虎潛進玉龍關查看敵情，兩人看見西涼國太子因兵事不順，過於疲累而睡得不省人事，便用繩索把他綁回唐營。

　　途中，兩人砍斷門鎖，放下城門，讓唐軍順利入關。見大批唐軍湧入，蘇寶同、飛鈸禪師和鐵板道人連忙化成長虹想要逃走，沒想到謝應登早已等在雲端。他祭起定光珠，把三人打落在地，竇仙童再用細仙繩抓住他們，綁赴刑場。

　　刑場上，樊梨花質問：「蘇寶同！你為了一己私利造謠生事，不但引起大唐和西涼國之間的戰爭，還造成道教和截教之間的對立，你認不認錯？」

　　「我何錯之有？大唐殺我祖父，薛家殺我姐姐，這個仇不共戴天，只可惜不能報仇雪恨。」蘇寶同一臉不屑。

蘇寶同執迷不悟，讓樊梨花頻頻搖頭。她下令劊子手將三人就地正法，沒想到劊子手大刀斬落，竟不能傷他們分毫，一連換了好幾把刀子都斷成好幾截。

「他們是修道之人，一般刀斧對他們無用。」謝應登來到刑場，拿出一個葫蘆，三人嚇得臉色鐵青。

謝應登揭開葫蘆，從裡面飛出一對金剪子，三人立刻頭身分離。

「國王，不好了、不好了！」這時西涼國國王正和朝臣商議國事，探子匆匆忙忙闖進去，「唐軍攻破玉龍關，處死國舅和兩位軍師，連太子都被他們俘虜，現在他們已經快殺到這裡了！」

一連串的消息讓西涼國國王大驚失色，差點從椅子上跌了下來。

「有誰願意帶兵出征，報此大仇？」

連續問了好幾次，朝臣們不是面面相覷，就是低頭不語，讓西涼國國王眉頭緊鎖。

181

丞相雅里提出建議:「不如……我們把興起戰事的責任歸咎到國舅身上,請求大唐皇帝原諒?」其他大臣提不出更好的辦法,紛紛附和。

　　「夠了。」西涼國國王揮手示意群臣退下,獨自想了一整夜,不得不接受兵敗的事實,寫下降書派人送到唐營。

　　降書連夜被轉送到唐高宗手裡,唐高宗看了龍心大悅,命令樊梨花把西涼國國王帶到白虎關面聖。

　　西涼國國王到白虎關拜見唐高宗,誠懇的說:「罪臣因為聽了奸臣蘇寶同的指使,而得罪了大唐,罪該萬死,如今罪臣願意投降並獻上全部的西涼國土地,往後也願意年年進貢贖罪,只希望您能饒恕西涼國的百姓。」

　　唐高宗回答:「你也是一國之主,既然認錯投降,朕也不忍苛責。從今天起,大唐、西涼國以沙江關為界,以東是大唐領土,以西是西涼國屬地,兩不相犯。希望你以後能好好治理這片土地。」西涼國國王知道唐高宗願意接受他的投降,不禁鬆了一口氣,叩拜謝恩。

　　等到西涼國國王帶著官員離去,征西也宣告結束,唐高宗下令啟程回長安。

薛丁山征西

白虎山上，薛丁山設壇祭拜薛仁貴。他想起自己與父親相處的時間十分短暫，但他不僅沒有盡到孝道，總是和父親針鋒相對，甚至失手射死父親，忍不住眼眶泛紅，難過自責。

程咬金安慰他：「我活了快一百歲，對人生已有很深刻的體悟。人活在這個世界上，不過就是圖個精采。薛元帥這一生建立這麼多豐功偉業，現在又有你接續他完成征西的大業，相信他在天之靈，不會有什麼怨言了。」

「謝謝程將軍，我懂的。」薛丁山苦澀一笑。

大軍來到寒江關，薛丁山腦中浮現當年三請樊梨花的記憶。他看著貴為征西大元帥的樊梨花，不禁感嘆自己當年意氣用事。兩人結伴同行，一起祭拜了樊梨花的父親和哥哥，並徵得樊夫人的同意，接她回中原一起生活，盡一份做子女的孝心。

回到長安城，朱雀大街上滿是賀喜大軍凱旋的熱鬧景象。唐高宗大宴功臣，封薛丁山為兩遼王，竇仙童為定國夫人，陳金定為保國夫人，樊梨花為

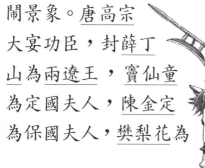

一品夫人，並加封威寧侯，薛仁貴被追諡文定侯，其他西征有功的將領也各自獲得賞賜。

薛丁山受封後，請求皇上准許他送薛仁貴靈位回山西老家安葬。皇上念在薛丁山一片孝心，答應讓他守靈三年，並另賜黃金千兩，白銀萬兩，如山西地方有不肖官員，任憑薛丁山處置，三年後再回長安任職。

算一算西征的歲月，前後一共十八個年頭，薛丁山回想當年離開長安時自己才二十歲，還是個不知天高地厚的初生之犢，經過多年四處奔波與征戰，他的心裡多了許多牽掛，肩上的擔子也變得更重了，但心情卻無比輕鬆。即將破曉的城門外，一聲馬鳴劃破長夜，一個堅實篤定的背影逐漸消失在夜色當中。

薛丁山征西──大顯身手

看薛丁山和樊梨花通過層層關卡，最後完成征西大業，你是不是為他們感到高興呢？高興之餘來動動腦，想想下面的問題吧！

1. 樊梨花曾多次遭人誤解而心灰意冷。你有過被誤會的經驗嗎？說說看當時你是如何處理的。

_____

_____

_____

2. 當薛丁山帶著薛仁貴的靈位回到家鄉安葬，你覺得薛丁山會想對父親說些什麼話呢？

_____

_____

_____

_____

3. 薛丁山在征西過程中學習到了什麼？為什麼他會覺得「肩上的擔子變得更重了，但心情卻無比輕鬆」呢？

_____

_____

_____

_____

4. 故事中秦漢會飛天、竇一虎會鑽地、樊梨花有移山倒海的本事……這麼多的法術裡，你最喜歡哪一種？為什麼？

_____

_____

_____

_____

_____

另有其他學習單，可到三民網路書店下載

國家圖書館出版品預行編目資料

薛丁山征西／冷翔雲編寫;杜曉西繪.－－初版一刷.－
－臺北市: 三民, 2013
面; 公分.－－(兒童文學叢書／小說新賞)

ISBN 978－957－14－5745－1 (平裝)

859.6   101023619

©　薛丁山征西

編寫者	冷翔雲
繪　者	杜曉西
責任編輯	朱孟瑾
美術設計	黃宥慈
發 行 人	劉振強
著作財產權人	三民書局股份有限公司
發 行 所	三民書局股份有限公司
	地址　臺北市復興北路386號
	電話　(02)25006600
	郵撥帳號　0009998－5
門 市 部	(復北店) 臺北市復興北路386號
	(重南店) 臺北市重慶南路一段61號
出版日期	初版一刷　2013年1月
編　　號	S857630

行政院新聞局登記證局版臺業字第○二○○號

有著作權‧不准侵害

ISBN　978－957－14－5745－1　(平裝)

http://www.sanmin.com.tw　三民網路書店
※本書如有缺頁、破損或裝訂錯誤，請寄回本公司更換。